문지스펙트럼

우리 시대의 지성

5-013

비판적 문학 이론과 미학

페터 V. 지마 지음 / 김태환 편역

문학과지성사

우리 시대의 지성 기획위원

김병익 / 정과리 / 최성실

문지스펙트럼 5-013

비판적 문학 이론과 미학

지은이 / 페터 V. 지마
옮긴이 / 김태환
펴낸이 / 김병익
펴낸곳 / 문학과지성사

등록 / 1993년 12월 16일 등록 제10-918호
주소 / 서울 마포구 서교동 363-12호 무원빌딩 4층 (121-210)
편집부 338)7224~5 · 7266~7 팩스 / 323)4180
영업부 338)7222~3 팩스 / 338)7221
인터넷 / www.moonji.com

제1판 제1쇄 / 2000년 1월 20일

값 5,000원
ISBN 89-320-1142-7
ISBN 89-320-0851-5(세트)

비판적 문학 이론과 미학

저자 서문

문학 이론 분야에서 혼란에 빠지지 않고 일정한 방향 감각을 유지한다는 것은 쉽지 않은 일이다. 다양한 문화적·시대적 배경 속에서 생성된 여러 문학 이론들이 공존하고 있기 때문이다. 게다가 유럽과 북미의 문학 이론을 이해하자면 그것이 생성된 사회적·정치적·문화적 배경에 대한 충분한 이해가 필요한 까닭에 한국 학생들의 어려움은 더욱 클지도 모르겠다. 프랑스 구조주의나 독일 해석학의 발전 과정을 전체적으로 파악하는 것은 까다로운 과제가 될 수 있겠는데, 그 이유는, 프랑스 구조주의는——전부는 아니라 할지라도——프랑스 합리주의 철학 전통을 고려하지 않고는 이해하기 어렵고, 현대 독일 해석학(가다머, 야우스)의 적절한 이해 역시 칸트와 헤겔 철학, 그리고 슐라이어마허의 낭만주의 철학에 대한 인식을 전제로 하고 있기 때문이다.

내가 이 작은 책에서 중요한 문학 이론의 철학적·미학적 생성 배경을 재구성하는 작업을 시도하는 것은 이러한 이유에서다. 그 과정에서 대부분의 주요 문학 이론들이 특정한 철학적 전통(칸트주의, 헤겔주의, 낭만주의, 니체주의 등으로 불려질 수 있는)에 연결되어 있음이 드러날 것이다. 철학적·미학적 대립과 논쟁의 배경을 고려하면 문학 이론의 추상성은 경감되고, 이론적인 개념의 적용 역시 좀더 구체성을 띠게 된다.

예컨대 마르크스, 엥겔스에서 루카치와 골드만에 이르기까지 많은 마르크스주의자들이 예술 작품을 의미 있고 조화로운 전체로 보는 헤겔주의적 미학과 예술 이론을 전개시켰다는 사실에 주목하면, 마르크스주의자들과 러시아 형식주의자들간의 논쟁, 루카치─브레히트 논쟁 등을 새로운 관점에서 조명해볼 수 있을 것이다. 헤겔주의적 마르크스주의자들과는 반대로 러시아 형식주의자들은 칸트의 자율성 미학 또는 전위주의(미래파)를 출발점으로 하여 예술의 낯설게 하기, 단편화, 다의성과 같은 측면에 주목한다. 이런 점에서 마르크스주의자 브레히트는 루카치나 골드만과 같은 헤겔주의자보다는 러시아 형식주의자들에 더 가까운 입장을 취하고 있다. 롤랑 바르트가 루카치와 골드만의 헤겔주의 미학을 거부한 것은 그의 니체주의적 입장에서 비롯된다고 할 수 있다. 그는 문예학을 다의적인 기표의 이론으로, "유쾌한 학문"으로 혁신하려고 한다. 데리다, 드 만, 밀러, 하트만의 해체주의 역시 니체의 철학과 낭만주의의 언어관 내지 문학관을 배경으로 하고 있다.

이 짧은 문학 이론 입문은 우선 많은 노력을 들이지 않고 문학 이론 분야에 관한 대략적인 정보를 얻으려는 사람에게 도움이 될 수 있을 것이다. 문학 이론을 좀더 본격적으로 공부하려는 사람은 이 책에 이어서 허창운 교수의 번역으로 수년 전에 출간된 『문예미학』(페터 V. 지마 지음, 을유문화사, 1993)을 읽어보기를 권한다. 『문예미학』에서는 문학 이론, 철학과 미학의 관계, 문예학 논쟁의 정치적 배경 등이 상세하게 논의되어 있다.

마지막으로 이 책을 세심하게 번역해준 김태환 박사에게 깊은 감사의 뜻을, 한국어로, 전하고 싶다. 감사합니다 Kamzahamnida!

2000년 1월
클라겐푸르트에서
페터 V. 지마

편역자 서문

이 책의 첫번째 글(「현대 문학 이론과 미학」)은 독일 피셔 출판사에서 발간한 『문학 사전 *Fischer Lexikon Literatur*』 (1996) 중 지마가 집필한 문학 이론 항목을 번역한 것이다. 이 글은 지마의 상세한 문학 이론 입문서 『문예미학』의 축약 판이라고 할 수 있는데, 약간의 보충 설명이 필요하다고 생 각되는 부분에 역주를 붙였다. 두번째 글(「문학사회학을 넘어 서」)은 『문학의 인식 *Erkenntnis der Literatur*』(Metzler, 1982) 이라는 책 가운데 실린 지마의 논문 「문학사회학/텍스트사 회학」의 번역이다. 여기서 지마는 당시까지 문학사회학의 여 러 조류를 검토하고 텍스트사회학적 입장에서 이들 문학사 회학의 문제와 난점을 해결하려고 시도한다. 첫번째 글에서 주로 이론적인 문제가 다루어진다면, 두번째 글에서는 카뮈 의 『이방인』이 구체적으로 분석되고 있다. 흥미로운 것은 첫 번째 글의 다양한 문학 이론들에 대한 논의(메타이론적 논의) 와 두번째 글의 문학 텍스트 분석에서 모두 지마 특유의 텍스트사회학적 입장이 드러나고 있다는 점이다. 칸트적·형식주의적 문학 이론과 헤겔적인 내용 중심의 문학 이론을 중재하려는 지마의 태도는, 문학 텍스트가 자율적인 동시에 사회적으로 규정된다는 텍스트사회학의 근본 사상에 연결되어 있다.

2000년 1월
클라겐푸르트에서
김태환

차례

문학사회학을 넘어서

현대 문학 이론과 미학
—— 러시아 형식주의에서 해체론까지

1. 서론

　문학 이론Literary Theory; Literaturtheorie; Théorie de la littérature에 대한 정의는 다음 두 차원에서 내려질 수 있다. 첫째, 문학 이론은 일반 문예학의 구성 요소다. 일반 문예학 안에는 다양한 이론들이 때로는 보완적인 관계를 맺으면서, 때로는 서로 적대시하면서 공존하고 있다. 여기서 문학 이론이란 개념은 그러한 개개의 이론들을 지칭하는 데 사용될 수 있다. 둘째, 문학 이론은 문예학적 이론 형성의 과정에 대해 반성하는 이론, 즉 메타이론을 의미하기도 한다. 그러나 이 두 차원을 가르는 경계선이 언제나 확고부동한 것은 아니다. 우리가 일반 문예학의 영역 안에 존재하는 이질적인 이론들 사이의 관계에 대해 논의하려 할 때 메타이론 차원, 즉 이론 형성의 차원의 고찰에 의존하지 않을 수 없다는 사실이 이점을 잘 말해준다. 이러한 사정을 고려한다면, 일반 문예학의 레퍼토리 전체를 가리키는 경우에는 '문학 이론들'이라고 하고, 이 레퍼토리의 발생 과정과 특징에 대해 반성하는 활동을 가리킬 때는 단수형을 써서 문학 이론이라고 하는 것이 적절하지 않을까 싶다.

내가 여기서 시도하는 작업은, 우선 철학적 미학의 바탕 위에서 문예학적 이론들의 생성 과정에 대해서 반성해보고, 이상의 철학적·미학적 반성으로부터 대화적인 문학 이론(문예학의 메타이론)을 도출해내려는 것이다. 이 대화적 이론에서 반성은 빼놓을 수 없는 본질적인 부분을 이룬다. 반성이 없는 한, 우리는 특정한 문예학적 이론이나 방법을 문예학 전체와 동일시할 위험에서 벗어나기 어렵다. 반성이 없는 곳에서 이들 이론의 특수성과 우연성은 간과되고 말 것이다.

일부 사람들은 서로 치고받고 싸우는 무수한 '사이비 이론'들 사이에 어떤 단일한 '참된' '과학적' 이론이 존재할 것이라는 환상을 가지고 있다. 때로는 이론의 수학화(數學化)가, 때로는 경험적 기초가, 때로는 재구성 절차가, 때로는 해체의 전략이 이론에 '진리'와 '과학성'을 보장해주고 전체 문헌학의 판도를 뒤집어놓는 혁명적 변화를 일으킬 수 있으리라고 주장되기도 한다. 우리는 이러한 환상을 버려야 한다. 그처럼 특정한 이론이나 방법의 독점권을 주장하는 것보다 더 의미 있는 것은, 문예학의 영역에서 모든 이론들은 이데올로기적·철학적·미학적 가정 위에 세워져 있으며 이러한

16

가정들은 모두 특수한 관점과 관심을 반영하고 있는 까닭에 일반화될 수도 없고 보편타당한 원리로 인정될 수도 없다는 점을 인식하는 일일 것이다. 이런 이유에서 다양한 문학 이론들의 기초에 놓여 있는 이데올로기적·철학적·미학적 전제를 밝혀내는 것이 이 책의 과제이다. 모든 문예학 이론들이 특수한 이데올로기적·철학적·미학적 가치 평가를 함축하고 있는 우연적인 술화(述話) Diskurs라는 인식이 공유될 때, 비로소 이들 술화간의 참된 대화가 시작될 수 있을 것이다. 내가 말하는 대화적인 문학 이론(문예학의 메타이론)은 이러한 대화 없이는 성립할 수 없다. 여기서 대화적인 메타이론 역시 우연적인, 가능한 하나의 이론일 뿐이라는 것은 두말할 나위도 없다.

2. 문예학의 미학적 기초

철학적 미학을 처음으로 정립하려고 시도한 사람은 바움가르텐 A. G. Baumgarten(1714~1762)이다. 그는 미학을 "저급한 인식의 이론"이자 "아름다운 예술의 이론"이라고 정의했다. 미학은 나중에 칸트(1724~1804)와 헤겔(1770~1831)에 의해서 독자적인 학문 영역으로 발전하게 되는데, 이때까지도 그 대상 영역은 문학·미술·음악 등 모든 형식의 예술을 포괄하는 것이었다. 특히 헤겔의 『미학 강의 *Vorlesungen über die Ästhetik*』는 예술의 모든 측면을 전체 체계에 따라 해석하고 이들 사이에 체계적인 연관을 수립하고 있다. 그러나 칸트, 헤겔, 셸링의 사변적인 철학 체계가 붕괴된 이후, 철학적 미학이 남긴 유산은 그 상속자인 미술사회학이나 음악학과 같은 전문 분야들이 나누어 가져갔다. 이런 상황에서 현상학자 또는 인식론의 전문가로 남은 철학자들은 과거에 형이상학이 누렸던 보편성의 지위를 포기할 수밖에 없는 처지가 된다.

미술사회학 · 미술사 · 음악학과 마찬가지로 현대 문예학 또한 철학적 미학을 해체시킨 노동 분업 및 전문화 과정의 산물이라고 가정한다면, 이 학문의 근간을 이루고 있는 철학적 · 미학적 기초는 과연 무엇일까 하는 물음이 자연스럽게 제기될 것이다. 미학적 문제 의식을 배제한 순수한 경험적 문예학이 있을 수 있으리라는 환상은 이 같은 학문 기반에 대한 반성이 부족한 데서 비롯된다.

프랑스의 로베르 에스카르피, 독일의 한스 노베르트 퓌겐, 알폰스 질버만 등이 전개한 경험적 문학사회학의 경우를 생각해보면, 경험주의를 표방하는 문예학에도 일정한 미학적 전제가 깔려 있음을 확인할 수 있다. 물론 그들이 반드시 그러한 전제를 의식하고 있는 것은 아니지만 말이다. 예를 들어서 퓌겐은 1964년에 출간된 저서 『문학사회학의 주요 흐름

Die Hauptrichtungen der Literatursoziologie』에서, "문학사회학은 과학성을 위해서 미학적 가치 평가를 포기해야 하며, 가치 평가란 결국 문학비평이 담당해야 할 과제"라고 주장한다. 퓌겐은 사회학의 '가치 중립성' 또는 '가치 판단 배제의 원칙'을 고수하기 위해서 사회학적 영역과 미학(문학)적 영역간의 분리를 시도하고 있는 셈인데, 이로써 그는 자기도 모르는 사이에 자율성 미학의 입장에 가담하게 된다.

비판적 문학 이론의 과제는 이 같은 자의적인 구분을 피해가면서 문예학 이론들의 미학적·철학적 전제를 밝혀내는 것이다. 방금 논의한 경험적 문학사회학에 있어서 문제되는 미학적·철학적 전제는, 다양한 자율성 미학 Autonomie-ästhetik의 근간을 이루고 있는 칸트주의라고 할 수 있을 것이다. 자율성 미학은 예술을 다른 영역에 복속시키려는 어떤 시도에 대해서도 반대한다. 다시 말해서 예술을 사회학·심리학·철학 등의 개념으로 파악하고 고정시키는 것은 여기서 용납되지 않는다. 잘 알려진 대로 칸트와 후대의 칸트주의자들은 취미 판단이 인식 판단이 아니며 아름다움이란—따라서 예술도—'개념 없이 ohne Begriff' 마음에 와 닿는 것이라고 가정한다. 아름다움이 '비개념적'이며 예술 작품을 개념의 지배 아래 복속시킬 수 없다는 생각은 칸트의 반(反)공리주의와도 관련이 있다. 그에 따르면 관찰자는 아름다움 앞에서 '무관심한 만족감 interesseloses Wohlgefallen'을 가져야 한다.

개념적 환원과 공리주의에 반대하는 칸트의 입장은 예술 작품의 관찰자 또는 수용자의 입장을 우선시하는 미학 이론 속에 받아들여졌다. 러시아 형식주의, 프라하 구조주의, 콘스탄츠 수용미학 등은 이러한 수용자 위주 미학 이론의 영향을 뚜렷이 드러내고 있다. 이들 이론은 모두 예술 작품의 무개념성, 다의성(多義性), 다양한 해석 가능성을 강조하면서, 예술 작품을 예술 외적인 기준, 즉 정치적·종교적, 또는 상업적 기준에 따라 이해하고 평가하는 데 대해 단호한 반대 입장을 표명한다.

르네 웰렉과 오스틴 워렌의 유명한 입문서 『문학의 이론 *Theory of Literature*』(1949) 역시 칸트에게서 유래한 몇몇 기본 원칙을 출발점으로 삼고 있다. 이 책에서 '무관심한 만족감'이나 '미학적 거리' 같은 개념이 중심적인 고찰의 대상이 된다는 것이 그 좋은 증거이다. 같은 책 제9장 「문학과 사회 Literature and Society」를 읽어보면, 자율성 미학과 경험적 문학사회학이 얼마나 긴밀한 보완 관계를 맺고 있는지 확인할 수 있다. 웰렉과 워렌에 따르면, 문헌학은 문학 텍스트를 분석하고, '가치 중립적' 과학인 사회학은 문학적 의사 소통 시스템(생산, 수용, 출판 제도, 비평 등의 시스템)을 다루는 데 전념해야 한다고 하는데, 이러한 주장은 질버만이나 뤼겐의 입장과 일치하는 것이다.

위에서 언급된 이론들이 칸트주의적 전제를 출발점으로 삼고 있는 데 반해서, 마르크스주의 진영의 문예학자들은 헤겔의 미학에 의지하고 있다. 테오도르 아도르노나 발터 벤야민과 같은 비판 이론가들의 논의 역시 어느 정도까지는 헤겔 미학을 바탕으로 하고 있다고 할 수 있다. 헤겔의 미학은 예술에 있어서 발생과 생산의 측면을 중시하고 미학적(예술적) 인식을 철학 내지 과학적 인식보다 하등한 양태의 인식으로 간주한다는 점에서 『판단력 비판』에 표명된 칸트의 입장과 대립된다. 변증법과 총체성의 사상가인 헤겔은 칸트의 불가지론에 맞서서 예술과 개별 예술 작품들이 철학적 개념으로 환원될 수 있다고 주장한다. 그에 따르면, 예술과 철학의 본질적인 차이점은 이념이 예술 작품 속에서 감각적 형태를 취한다는 데 있다. 예술 작품은 '이념의 감각적 현현sinnliches Scheinen der Idee'으로서, 감각 지각을 통해 철학적 사상으로 가는 길을 열어준다. 이러한 주장은 결국, 예술 작품이 사상을 명백히 표현하고 있으며 철학자나 과학자가 그 사상을 얼마든지 알아낼 수 있을 거라는 생각을 함축한다.

게오르크 루카치(1885~1971)와 뤼시엥 골드만(1913~1970)은 헤겔의 입장을 추종하면서 문학 작품이 표현하는 세계관이나 이데올로기를 확정하려고 시도한다(「6. 마르크스주의와 비판 이론의 미학」을 참조할 것). 루카치와 골드만의 연구가 관찰자나 수용자의 관점을 무시하고 텍스트의 "무개념성"(칸트) 또는 다의성을 전혀 고려하지 않고 있다는 비판은 기호학(롤랑 바르트)이나 수용미학(한스 로베르트 야우스)뿐만 아니라 비판 이론(특히 아도르노)의 진영으로부터도 제기되었다. 이들에게 루카치와 골드만의 입장은 헤겔의 개념 중심적 미학을 답습한 것으로 간주된다.

반면에 아도르노는 칸트의 무개념적 미학과 헤겔의 논리 중심주의 사이에서 동요하고 있는데, 이런 점에서 그는 마르크스주의 문예학에 대한 가장 섬세한 비판가 가운데 한 사람이라고 할 수 있다. 아도르노의 마르크스주의 문예학 비판에서는 칸트뿐만 아니라 낭만주의자, 청년 헤겔주의자, 니체 등이 중요한 의미를 지니고 있다.

예술이 개념적 사유로 환원될 수 있다는 헤겔의 주장은 이미 헤겔 생존 당시 프리드리히 슐레겔(1772~1829)과 같은 낭만주의자들의 날카로운 비판에 부딪혔다. 낭만주의자들은 오히려 칸트의 몇몇 명제들을 수용한다. 슐레겔은 잘 알려진 논문 「불가해성(不可解性)에 대하여 Über Unverständlichkeit」에서 문학의 다의성을 높이 평가하면서, 헤겔이 수립한 철학과 예술간의 위계 질서를 뒤집어놓는다. 그는 '예술을 인간성의 핵심으로 간주'하고 있는 것이다. 슐레겔은 여러 가지 면에서 자크 데리다로 대표되는 해체주의의 선구자라고 할 만하다. 특히 다의성과 불가해성을 높이 평가하는 그의 태도는 해체주의로 계승되고 있다. 슐레겔은 아이러니컬한 어조로 다음과 같이 묻는다: "하지만 불가해성이 그토록 부당하고 나쁘기만 한 것일까?" 그렇다면 제프리 하트만과 같은 미국 해체주의의 대변자들이 슐레겔이나 그 밖의 낭만주의자들의 입장에 동조하는 것은 결코 우연한 일이 아닐 것이다(「8. 해체주의: 니체와 낭만주의 사이에서」를 참조할 것).

프리드리히 니체(1844~1900) 역시 해체주의의 중요한 선구자로 꼽을 수 있다. 막스 슈티르너와 루드비히 포이어바흐와 같은 청년 헤겔주의자들의 미학 및 종교 비판의 영향 속에서 형성된 니체의 급진적인 유물론 철학은 헤겔의 체계적 사유에 대한 대안적 구상을 제시해준다. 니체는 낭만주의자들과 마찬가지로 계몽주의적 합리성이나 헤겔적 논리중심주의에 반대하며, 예술을 철학과 같은 개념적 담화에 종속시키는 헤겔의 입장을 거부한다. 니체에 따르면 예술이란 '가상을 향한 선한 의지'인데, 그에게는 바로 가상이 본질이나 진리보다 더 근본적인 가치를 지니고 있다. 니체는 개념적인 진리 역시 수사학의 비유로 해체될 수 있음을 입증하려고 한다. 다시 말해서 형이상학자가 내세우는 진리조차 결국은 가상일 뿐이라는 것이다. 니체는 말한다. 곰곰이 따져보면 형이상학적 진리라고 하는 것이 "이리저리 몰려다니는 은유·환유·의인법들의 무리"에 지나지 않음을 알 수 있을 것이라고. 훗날 데리다와 그 밖의 해체주의자들(폴 드 만)은 이 같은 니체의 사상을 받아들여 더욱 발전시킨다.

지금까지의 고찰은 기호학적인 차원에서 다음과 같은 의미를 지닌다. 칸트의 『판단력 비판』이나 니체의 미학을 모범으로 삼은 문학 이론들은 (루이 옐름슬레우가 말하는) 표현 차원의 기능을 중시하는 반면, 헤겔 미학을 계승한 문학 이론들은 내용 차원의 중요성을 강조한다. 소쉬르의 입장을 이어받은 옐름슬레우는 표현 차원을 "기표의 총체"로, 내용 차원을 "기의의 총체"로 정의한다.[1] 이러한 정의에 따른다면, 칸트주의나 니체주의적 경향을 띠는 대부분의 이론들에서는 기표(음성 단위 혹은 표현)의 다의성을 위주로 하는 미학이 그 기초가 되고 있으며, 합리주의나 헤겔주의적 경향의 이론들에서는 무엇보다도 내용 차원, 즉 기의들로 이루어지는 개념 차원이 관심의 초점이 된다고 할 수 있을 것이다. 따라서 후자의 경우, 표현의 다의성이나 텍스트의 다양한 해석 가능성과 같은 문제는 도외시되고 만다.

그러나 나의 입장에서 볼 때, 문학 텍스트 속에서 내용과

---

1) 소쉬르는 『일반 언어학 강의』 1부 1장에서 언어 기호가 개념과 청각 영상(일반화시켜 말한다면 기호가 주는 감각적 이미지)의 결합으로 이루어져 있다고 말하면서, 이 두 요소에 각기 기의 signifié와 기표 signifiant라는 명칭을 부여한다. 이어서 그는 "기표와 기의의 결합 관계는 자의적이다"라고 적고 있다. 지마는 이러한 기호의 자의성 테제가 문학 이론의 영역에서 텍스트의 표현 차원이 내용(개념) 차원에 대해 독립적이라는 관점을 강화시켜주었다고 본다. 좀더 상세한 것은 지마의 『문예미학 Literarische Ästhetik』(Tübingen, 1995, 2판)의 「서론」 부분을 참조하라.

표현, 단의성과 다의성은 상호 제약 관계에 놓여 있으며, 따라서 '칸트주의'와 '헤겔주의'는 대화적이고 변증법적인 문학 이론의 테두리 내에서 서로를 보완해줄 수 있을 것이라고 생각된다(「9. 대화로서의 비판적 문학 이론: 전망」 참조). 나는 이 책의 논의 과정에서 이 점을 입증하기 위해 노력할 것이다.

　다음 절에서는 우선 영미 신비평과 러시아 형식주의에서 칸트와 베네데토 크로체(1866~1952)가 어떤 의미를 지니는가의 문제가 아주 간략하게 다루어진다. 이 논의의 핵심적인 의의는 단순히 칸트와 크로체가 이들 이론에 실제로 영향을 미쳤다는 사실을 입증하는 데 있는 것이 아니다. 중요한 것은 오히려 칸트적 또는 크로체적 정리가 신비평과 러시아 형식주의의 자율성 미학의 근간을 이루고 있음을 확인하는 작업이다.

3. 영미 신비평과 러시아 형식주의

I. 신비평: 크로체와 칸트

　크로체와 칸트의 영향을 고려하지 않고 신비평의 문학 이론을 이해한다는 것은 불가능하다. 이 영향이 남긴 흔적은 존 크로우 랜섬, 윌리엄 윔샛, 클린스 브룩스의 거의 모든 저작에서 찾아볼 수 있다. 1957년에 출간된 『문학비평 *Literary*

Criticism』에서 윔샛과 브룩스는 문학 작품의 '침해할 수 없는 개별성'을 옹호하고 있는데, 이러한 생각은 크로체의 미학적 입장과 (그리고 간접적으로는 칸트의 입장과도) 일치하는 것이다. 윔샛과 브룩스는 "미학적 가치를 손상시키지 않고서 문학 작품의 개별성을 추상적인 개념으로 파악한다는 것은 불가능하다"고 적고 있다.

크로체는 『미학 *Estetica*』(1902)이라는 저서에서 표현 차원의 자율성을 거듭 강조하면서 문학과 예술이 결코 철학이나 사회학, 또는 역사학 등의 개념(예컨대 장르 개념)으로 환원될 수 없음을 역설하고 있다. 이와 마찬가지로 신비평가들에게도 문학적 표현이 지니는 중요성은 각별한 것이다.

예컨대 브룩스의 중요한 저서 『잘 빚어진 항아리*The Well Wrought Urn*』(1949)에서는 문학 작품이 어떤 유일무이한 현상으로 다루어지고 있다. 브룩스는 문학 작품을 외적인 요인으로 환원시키는 고찰 방식이 작품의 고유한 특징과 개별성을 말살해버린다고 주장한다. 작품은 결코 작가의 심리나 사회적 컨텍스트에 의해 설명될 수 없다. 신비평가들이 작품 해석에 있어서 배척해야 할 '오류fallacies'로서 발생의 오류 genetic fallacy, 의도의 오류intentional fallacy, 영향의 오류 affective fallacy를 꼽은 것은 이러한 맥락에서 이해할 수 있다(정확히 얘기하자면, 세 가지 오류가 아니라 두 가지 오류라고 해야 할 것이다. 의도의 오류는 발생의 오류의 일종으로 볼 수 있기 때문이다). 신비평가들은, 작품을 그 작품이 생성된 사회적 컨텍스트와 동일시해서도 안 되고(발생의 오류), 또 그것을 쓴 작가의 의도로 환원시켜서도 안 된다(의도의 오류)고 주장한다. 반면에 영향의 오류는 수용의 측면과 연관된 것이다. 문학 텍스트는 독자의 반응과 동일시되어서도 안 된다.

문학 작품을 외적인 요인으로 환원시키는 '오류'에 대항하여 신비평가들이 제시하는 대안은 칸트와 크로체의 자율성 미학을 기반으로 하는 작품 내재적 문학 연구다. 그들이 이를 위해서 실제 비평의 방법으로 사용한 '꼼꼼히 읽기 close reading'는 볼프강 카이저가 『언어 예술 작품 *Das sprachliche Kunstwerk*』(1948)에서 천명한 작품 내재적 방법이나 프랑스의 텍스트 해설 explication de texte과 상당한 유사점이 있다. 이들은 모두 텍스트 외부로 나아가기를 거부한다는 점에서 작품 내재적이다.[2] 예컨대 브룩스는 『잘 빚어진 항아리』에서 "시 자체를 읽을 것 reading of the poem itself"을 주장한다. 이때 그가 주목하는 것은 시의 표현 차원(옐름슬레우)이다.

---

2) 작품 내재적 방법은 2차 세계 대전 이후 서독에서 유행한 작품 해석 방법이다. 발첼 O. Walzel, 슈타이거 E. Staiger, 카이저 W. Kayser 등이 대표자로서, 이들은 19세기의 역사주의나 심리주의를 비판하면서 해석가는 오직 문학 텍스트 자체에만 집중해야 한다고 주장했다. 작품의 생성 맥락이나 다른 텍스트들간의 관계는 전혀 도외시된다. 프랑스의 텍스트 해설 역시 이와 유사한 입장인데, 그 대표자로 랑송 G. Lanson, 카자미앙 L. Cazamian을 꼽을 수 있다.

브룩스의 관점에 의하면 시란 무엇보다도 음성으로 이루어진 구조물, 듣기 좋은 소리 euphony, 또는 말하는 방식("Poetry as a way of saying")으로 파악된다.

윌리엄 엠프슨의 『애매성의 일곱 가지 유형 *Seven Types of Ambiguity*』(1930)은 문학 텍스트의 중의성(重義性)에 관한 체계적인 연구서로, 이 책 전체를 관통하고 있는 것은 전형적인 칸트주의적 사상이다. 엠프슨은 여기서 문학이 하나의 의미로 고정될 수 없다는 것, 즉 문학을 개념으로 환원시키려는 헤겔주의적 관점이 부당하다는 것을 거듭 강조하고 있다. 아름다움이란 '개념 없이' 마음에 와 닿는 것이다.

랜섬의 표본적인 저서 『신비평 *The New Criticism*』(1941)에 제시된 결론 역시 이러한 생각의 연장선상에 있다. 그는 말한다: "시는 논리적인 담화의 모든 관습과 혁명적인 방식으로 관계를 단절한다." 그렇다면 시의 모든 차원이 개념적 분석의 대상이 될 수는 없을 것이다. 이러한 랜섬의 결론은 모든 신비평가들의 공통된 결론이기도 하다.

그렇다고 해서 신비평가들이 문학 텍스트 속에 사회적·심리적·과학적 요소가 담겨 있음을 간과했다고 볼 수는 없을 것이다. 그들은 다만 이러한 요소들이 시의 본질에 비해 부차적인 것이라고 주장했을 뿐이다. 그들이 실증주의·헤겔주의·마르크스주의 등의 텍스트 해석을 거부한 것은 바로 이러한 입장 때문이었다. 이 지점에서 신비평은 러시아 형식주의와 연결된다. 두 조류 사이의 관계에 대해서는 이와 톰슨Ewa Thompson의 저서 『러시아 형식주의와 영미 신비평 *Russian Formalism and Anglo-American New Criticism*』(1971)을 참고할 수 있다. 톰슨의 책에서는 형식주의와 신비평이 체계적으로 비교되고 있다.

Ⅱ. 형식주의: 칸트주의와 아방가르드 사이에서

1916년에 시어연구협회 OPOJAZ를 결성한 형식주의자들은 신비평가들과 마찬가지로 텍스트의 개념 내용이나 의사소통적·이데올로기적 차원보다는 텍스트가 이루어져 있는 '방식(어떻게)'의 문제에 주목했다. "고골의 『외투』는 어떻게 만들어졌는가?" "『돈 키호테』는 어떻게 만들어졌는가?" 이 두 물음은 각각 보리스 아이헨바움과 빅토르 쉬클로프스키의 ― 이제는 유명해진 ― 논문에서 제기된 것이다. 신비평가들이 그랬듯이, 그들도 현대 문학의 (특히 미래파의) 언어 실험에 매료되어 있었고, 문학을 발생론적으로 전기적·사회경제적 컨텍스트에 의해 설명하려는 모든 실증주의적 또는 마르크스-헤겔주의적 시도(발생의 오류)를 거부했다. 형식주의자들은 어떤 텍스트가 왜 특정한 역사적 시기에 생산되는가 하는 물음에는 관심이 없었다. 그들에게 중요한 것은 텍스트가 표현 및 서술 구조의 차원에서 어떻게 이루어져 있는지를 해명하는 일이었다.

특히 칸트주의적인 성향이 뚜렷이 나타난 것은——아게 한젠-뢰베 Aage Hansen-Löve가 『러시아 형식주의 *Der russische Formalismus*』(1978)에서 옳게 지적한 대로——초기 형식주의에서였다. 초기 형식주의는 예술과 문학의 무개념적인 특성을 강조했고 문학의 형식이 자율적이라는 공준을 확립했던 것이다. 쉬클로프스키에 따르면, 새로운 형식은 새로운 내용이나 관념을 표현하기 위해 생겨난다기보다는, 예술적 형식으로서의 효과가 사라진 낡은 형식의 갱신을 위해서 출현한다.

문학이 무개념적이라는 쉬클로프스키의 견해가 칸트주의적이라는 것은 두말할 나위도 없겠지만, 형식주의자들의 칸트적 경향은 여기서 그치는 것이 아니다. 우리는 모든 형식주의자들이 칸트 미학과 마찬가지로 예술 작품을 관찰자·수용자의 위치에서 바라보고 있다는 점에 주목해야 할 것이다. 문학이 "이념의 감각적 현현"(헤겔)이라기보다는 형식의 혁신이며 지각의 탈자동화라는 형식주의적 사상은 이러한 수용자 위주의 관점에서 비롯된 것이다.

이런 맥락을 고려할 때 혁신과 낯설게 하기라는 형식주의의 두 가지 핵심 개념도 올바르게 이해할 수 있을 것이다. 미래파의 전위주의에서 유래한 이들 두 개념은 한편으로 텍스트와 독자의 관계를, 다른 한편으로는 텍스트의 '방식'을 문제삼고 있다. 여기서 핵심적인 것은 다음과 같은 물음이다.

한 편의 시나 노벨레가 전통적인 표현 형식을 어떻게 개조하고 있는가? 한 편의 소설은 어떤 방식으로 서술되는가? 예컨대 로렌스 스턴은 어떻게 전통적인 이야기를 희화화하고 낯설게 하고 또 갱신하고 있는가?

혁신과 낯설게 하기라는 두 개념은 이와 동시에 문학의 진화 과정을 설명하는 도구가 되기도 한다. 형식주의자들 중에서 이 문제에 관한 상세한 논의를 전개한 사람은 유리 티냐노프이다. 티냐노프는 문학의 진화 과정을 자동화와 탈자동화라는 두 가지 경향 사이의 끊임없는 상호 작용으로 파악한다. 다시 말해서, 일정한 문학 형식이 시간의 흐름에 따라 독자의 눈에 진부하게 비칠 정도로 마모되고 나면, 이에 대한 반발로서 새로운 혁명적인 형식이 생성된다는 것이다. 이와 동일한 과정이 문학사 속에서 계속 반복된다. 설사 새로운 형식이라 할지라도 그것이 일단 모든 문학 장르 속에 관철된 다음에는 더 이상 새롭다고 느껴지지 않을 것이기 때문이다. 그렇게 되면 그것은 다시 또 다른 새로운 형식에 의해 대체된다.

이처럼 칸트주의(관찰자의 입장, 무개념성)와 전위주의(혁신, 낯설게 하기)의 종합을 통해서 문학의 진화 과정을 설명하고자 하는 티냐노프의 입장은 아나톨리 루나차르스키, 쿠르트 콘라트 등과 같은 마르크스주의자들의 비판에 직면한다. 그들은 티냐노프의 도식에서 사회적인 요인이 거의 고려되지 않고 있으며, 설사 고려된다고 해도 "외적인 영향"(콘라트) 이상의 의미를 지니지 못한다는 점을 지적한다. 사회적 요인이 문학의 진화 과정의 원동력이라는 생각은 티냐노프에게서 찾아볼 수 없다는 것이다. 이러한 지적은 정당하다. 미하일 바흐친과 그의 제자 파벨 메드베데프 역시 비슷한 논지로 형식주의자들을 비난한다. 그들이 『문예학의 형식적 방법』[3](1928)에서 제기하는 비판의 요점은 다음과 같이 정리해볼 수 있다. 형식주의자들은 문학의 발전 과정을 지나치게 기계적으로 이해했다. 그들은 이 과정의 배후에 놓여 있는 사회적 조건들을 무시했으며, 특히 왜 특정한 사회에 다양한 문학 장르와 양식(문체)들이 공존하는지를 설명할 수 없었다. 『문학과 혁명』(1924)의 저자 트로츠키는 여기서 한 걸음 더 나아가서 오직 마르크스주의만이 새로운 예술 형식의 발생을 설명할 수 있다고 주장한다. 그러나 이러한 주장은 지나친 것이다. 뒤에서 다시 논의되겠지만, 형식주의자들이 제기한 '방식의 문제'가 다양한 조류의 마르크스주의에서 아예 도외시되고 있다는 점을 고려할 때, 마르크스주의가 문학이나 예술의 형식을 정당하게 다룰 수 있는 유일한 이론이

---

3) 이 책은 메드베데프의 이름으로 출간되었으나, 실제 저자는 바흐친일 것이라는 추측이 강하게 제기되고 있다. 당시 바흐친은 정치적인 이유로 자신의 이름으로 책을 출간할 수 없는 처지였기 때문이다. 독일어 번역판에는 메드베데프가 이 책의 저자로 되어 있는 데 반해, 한국어 번역판에는 바흐친이 이 책의 저자로 제시되어 있다.

라는 주장은 설득력이 없다.

4. 체코 구조주의
─칸트, 헤겔, 아방가르드 사이에서

I. 야콥슨의 칸트주의

1920년대에 체코슬로바키아로 이주한 로만 야콥슨(1896~1980)은 프라하 언어학회의 회원들에게 러시아 형식주의 이론을 소개하면서, 자율성의 사상을 골자로 하는 칸트주의적 미학과 시학을 발전시킨다. 그에 따르면 문학 텍스트는 자기 지시적(自己指示的) 구조를 이루고 있다는 점에서 자율적이다. 문학 텍스트는 텍스트 외부의 어떤 현실을 지시하기보다는 자기 자신을 가리키고 있으며, 이러한 자기 지시적 구조가 독자로 하여금 텍스트 자체에 주목하게끔 한다는 것이다. 따라서 문학에 대한 유일하게 정당한 태도는 텍스트 자체를 존중하는 '무관심한 만족'의 태도이다. 이때 무엇보다도 중시되는 것은 텍스트의 표현 차원(기표)이고, 텍스트를 다른 외적인 의미에 예속시키는 실용주의적(상업주의적)·정치적·실증주의적(전기주의나 심리주의) 입장은 모두 배격된다.

야콥슨은 "시적인 전언(傳言)"이 "전언 자체에 주의를 집중시키는" 기능을 갖고 있음을 지적하고, 이를 언어의 나머지 기능들과 구별한다. 야콥슨에 따르면 언어에는 6가지 기능이 있는데, 방금 거론된 시적 기능 외에 나머지 다섯 가지 기능(의사 소통적 기능)은 다음과 같다: 발언자와 관련되는 감정 표현 기능, 청자와 관련되는 호출(呼出) 기능, 언어 약호와 관련되는 메타어적 기능, 소통 매체와 관련되는 접속 유지 기능, 관련 상황을 가리키는 지시적 기능. 여기서 전언은 언제나 무언가에 관한 내용(그것이 화자 자신의 감정이든, 청자에 대한 요구이든, 언어의 코드이든, 소통 매체에 대한 것이든 지시되는 외적 대상이든간에)을 전달하는 기능을 담당하고 있다. 따라서 이상의 다섯 가지 기능은 의사 소통적 기능으로 총칭될 수 있을 것이다. 반면에 시적 기능은 전언 자체가 자기 목적이 된다는 점에서 의사 소통적 기능과 구별된다.[4]

---

4) 이상에서 거론된 여섯 가지 언어의 기능은 야콥슨이 구상한 의사 소통 모델로부터 도출된 것이다.

관련 상황 context

전언 message

발신자 addresser ····································· 수신자 addressee

접속 contact

약호 code

• 감정 표현 기능 emotive function: 감탄사 따위로서 발신자의 상태를 표현한다.
• 호출 기능 conative function: 호격이나 명령법. 즉 수신자를 부르거나 수신자에게 무언가를 요구하는 말.

문학 텍스트의 자율성은, 문학 텍스트 속에서 시적 기능이 지배적인 위치를 차지한다는 사실로 설명될 수 있다. 시적인 전언의 자기 지시성은 예컨대 음운론적 반복 현상에서 잘 나타난다. 시 텍스트에서 일정한 음의 반복 현상은 독자로 하여금 시적 전언에 담긴 내용보다, 전언 자체, 즉 시의 소리에 주목하도록 만든다. 즉 표현 차원이 내용 차원으로부터 독립하여 그 자체로서 가치를 얻는 것이다.

II. 기능 · 규범 · 가치

얀 무카르조프스키(1891~1975) 역시 문학 텍스트에서 의사 소통적 기능이 배후로 물러나고 미적 기능 또는 시적 기능이 지배적인 지위를 누리게 된다는 가정에서 출발한다. 이러한 생각은 야콥슨과 무카르조프스키의 참여하에 작성된 프라하 언어학파의 「1929년의 테제」 속에 표명되어 있다. 따라서 무카르조프스키가 예술 작품을 이데올로기나 세계관 등과 같은 인식론적 체계로 환원시키려 하거나 그 의미를 작

- 접속 유지 기능 phatic function: 소통 매체의 작동을 확인하거나 의사 소통 관계의 유지를 목표로 하는 말. (예: 여보세요, 내 말 들립니까?)
- 메타어적 기능 metalingual function: 언어 약호에 대한 말. (예: 그 말이 무슨 뜻이죠?)
- 지시적 기능 referential function: 외적 현실(관련 상황)을 지시하고 기술하는 말.
- 시적 기능 poetic function: 자기 자신을 지시하는 말.

가의 심리〔傳記〕로부터 도출하려는 모든 시도에 대해서 회의적인 입장을 보인 것은 충분히 이해할 만한 일이다.「예술과 세계관」(1947~1948)이라는 그의 논문에서는 예술 작품과 인식론적 체계 사이에 일정한 관련이 있음이 인정되고 있기는 하다. 그러나 여기서도 그는 칸트적인 전통에 서서, 예술 작품이 이념이나 세계관을 직접 표현하는 것은 아님을 강조하고 있다. 예술 작품은 다만 일정한 역사적 · 사회적 맥락 속에서 세계관적 문제에 반응할 뿐이라는 것이다.

예술 작품은 세계관에 대한 반응일 뿐만 아니라, 기존의 미적 규범이나 그 밖의 (예술 이외의) 규범에 대한 반응이기도 하다. 그러므로 예술 작품은 사회 규범의 변화에 중대한 영향을 미치게 마련이다. 이때 규범이라는 개념은 기능 개념과 밀접한 연관을 가지고 있다. 문학과 예술의 기능 변화를 이해하기 위해서는 변화하는 사회 규범 및 가치 체계라는 맥락을 고려하지 않을 수 없기 때문이다. 무카르조프스키에게 있어서 규범과 기능의 개념은 전위주의적 특징을 나타내고 있다. 이 점은 그가 '혁신'을 현대 예술의 중심 범주로 간주하고 있다는 사실에서 잘 드러난다. 그는 현대 예술에서 미적 규범이 다른 사회 규범과는 달리——이를테면 법적 · 종교적 · 윤리적 · 경제적 규범과는 반대로——지속적으로 위반되고 있고 또 위반되어야 한다는 생각을 설득력 있게 제시한다. 예를 들어 현대 예술의 수용자가 예술가로부터 기대하는 것은 예컨대 (17세기의) 고전주의 시대 관객의 기대와는 상반된다. 고전주의 시대의 관객이 미적 규범이 준수되기를 기대했다면, 현대의 관객은 예술가가 낯설게 하기, 혁신 등의 기법을 통해서 정전화된 규범을 침해하고 "새로운 시각"(쉬클로프스키)을 열어줄 것을 희망하는 것이다.

이 지점에서, 무카로조프스키의 규범 개념이——형식주의자들이 제시한 다른 많은 개념과 마찬가지로——전위주의에서 유래한 것이라는 사실이 분명히 드러난다. 또한 이러한 전위주의적 특징이 문학 텍스트의 자율성을 옹호하는 칸트주의적 입장과 반드시 일치하는 것은 아니라는 점도 눈에 띈다. 미적 규범의 침해는 그 밖의 사회 규범 및 가치 체계의 변동과 불가분의 관계에 있다. 따라서 미적 규범을 침해하는 예술가는 수용자 모두에게 전위적인 참여의 태도를 요구하게 마련이다. 그러나 이러한 참여적 태도란 칸트가 얘기하는 '무관심적 관조'와는 양립할 수 없는 것이다. 유감스럽게도 주로 미학적인 문제만을 집중적으로 탐구했던 프라하 구조주의자들은 칸트주의적 정리와 전위주의적 정리 사이의 대립으로부터 초래될 수 있는 긴장과 모순을 간과하고 만다. 이와 동일한 문제점은 이미 러시아 형식주의자들의 논의 속에서도 발견된다.

무카로조프스키가 제시한 개념 가운데 칸트주의적 자율성의 공리를 함축하고 있는 것으로는 '미적 가치'의 개념을 꼽을 수 있다. 이 개념의 배경을 이루고 있는 사상은 다음과 같다. 예술 작품이란 그것이 생성된 개념적 맥락으로 환원될 수 없다. 즉 왜 그런 작품이 생겨났는가, 작가의 의도가 무엇이었는가 하는 물음에 대한 대답이 작품 자체를 대신할 수 있는 것은 아니다. 가치 있는 예술 작품은 새로운 맥락, 새로운 가치 규범 체계 속에서 새로운 기능을 수행할 수 있는 잠재력이 있다. 이로써 예술 작품은 끊임없이 스스로를 갱신해 가는 것이다. 우리는 이에 대한 좋은 사례로서 횔덜린의 시가 하이데거의 존재 철학의 맥락 속에서 어떻게 재해석되었는지 생각해볼 수 있을 것이다. 또 하이데거의 보수적 해석을 루카치의 횔덜린 해석(급진적 자코뱅주의자로서의 횔덜린)이나 아도르노의 해석(체계적인 개념 체계에 대한 비판가, '병렬체'의 시인으로서의 횔덜린)과 비교해볼 수도 있을 것이다. 무카르조프스키에 따르면 문학 텍스트의 미적 가치란 이 같은 텍스트의 다면성과 다의성에 달려 있는 것이다. 근본적으로 상이한 시대적 · 공간적 · 이데올로기적 상황 속에서 다양한 방식으로 실현될 수 있는 의미론적 잠재력이야말로 문학 텍스트가 갖는 미적 가치의 원천이 된다.

Ⅲ. 미적 대상, 의미론적 제스처, 구조

무카르조프스키, 보디치카와 같은 프라하 구조주의자들이 예술의 개념적인 측면을 아예 도외시한 것은 아니다. 그들은 다만 그것을 예술 작품 자체의 문제가 아니라 수용 과정의 문제로 이해하려고 했을 따름이다. 이 점은 '미적 대상'이라는 개념에서 잘 드러난다.

무카르조프스키는 예술 작품에서 다음 세 가지 요소를 구분한다. 첫째, 물질적인 기호로서의 작품. 무카르조프스키는 이를 예술품(藝術品)Artefakt이라고 부르면서 소쉬르의 기표 개념에 대응시킨다. 둘째, 요소는 미적 대상으로서, 이는 (수용자층의) "집단 의식 속에 뿌리내린 (작품의) '의미'"를 뜻한다. 마지막 요소는 "지칭된 사실(실재)에 대한 관계"인데, 여기서 무카르조프스키가 예술 작품과 현실 사이에 어떤 특정한 지시적 관계를 설정하고 있다고 오해해서는 안 된다. 그가 말하는 것은 다만 작품과 이를 둘러싸고 있는 전반적인 사회적 컨텍스트 사이의 연관성이다.

미적 대상이 다양한 사회 집단(이를테면 다양한 비평 그룹)에 따라 상이하게 의미 부여되는 가변 요소라고 한다면, 예술품은 이 모든 의미 변동에도 불구하고 동일성을 유지하는 다의적인 상수(常數: 불변 요소)라고 할 수 있겠다. 따라서 특정한 집단에 의해 구성된 미적 대상을 예술품 자체와 동일시하는 것은 잘못이다. 또한 문예학자의 연구 대상이 고립된 요소로서의 '예술품'이나 '미적 대상'에 한정되어서도 안 된다. 문예학자는 예술품과 미적 대상 사이의 긴장 관계와 더불어 텍스트의 기능 및 가치 변동 과정 전체를 자기 연구의 대상으로 삼아야 한다.

미적 대상의 개념은 펠릭스 보디치카Felix Vodička의 논의를 통해서 문학적 진화의 개념과 결부된다. 이로써 본래 형식주의에서 유래한 진화 개념은 역사적이고도 구체적인 의미를 얻게 된다. 보디치카의 주요한 공적은 여기에 있다. 보디치카의 연구는, 문학 작품에 대한 비평가들의 해석과 재평가가 작품에 새로운 조명을 던지고 이를 통해서 수용 양식과 기능의 변화를 촉진시킨다는 점을 밝혀준다.

프라하 구조주의자들은 다의적인 예술품과 표현 차원을 중시하면서도, 문학 작품 속에 의미 잠재력이 들어 있다는 사실을 분명히 의식하고 있었다. 물론 작품의 의미 잠재력이 실현되는 것은 수용 과정을 통해서이긴 하지만, 그러한 잠재력 자체는 작품 속에 내재하는 것이다. 무카르조프스키는 이러한 사실을 표현하기 위해서 작품의 '의미론적 제스처'라는 개념을 만들어낸다. 그러나 그는 이에 대한 명확한 정의를 제시하지는 못했다. 훗날 미로슬라브 체르벤카Miroslav Červenka와 밀란 얀코비츠Milan Jankovič에 의해 이 개념이 수용되면서, 그 의미가 좀더 구체화되기는 하지만, 그럼에도 불구하고 프라하 구조주의자들이 문학 텍스트의 의미론적 구조——즉 문학 텍스트의 개념성——에 관해 어떤 생각을 가지고 있는지는 불분명한 상태로 남아 있다.

이런 맥락에서 본다면, 구조주의와 프레게의 의미론이 통합되어야 한다는 뤼보미르 돌레첼Lubomír Dole el의 주장은 일리가 있는 것 같다. 예술을 비개념적인 것으로 파악하면서 표현 차원에 역점을 두는 칸트적 구조주의는 헤겔에 의해 제기된 예술의 개념성의 문제, 즉 예술의 내용 차원에 대한 문제 앞에서 약점을 드러내고 있기 때문이다.

무카르조프스키가 의미론적 제스처의 개념을 '구조'에 관한 자기 자신의 성찰과 관련시켰더라면, 이 개념에 대한 좀더 명확한 정의가 도출될 수도 있었을 것이다. 무카르조프스키에 따르면 구조란 요소들간에 성립하는 기능적인 연관이다. 그리고 이러한 기능적 연관은 개방적인 성격을 지닐 수 있다. 무카르조프스키는 이런 맥락에서 구조 개념을 완결성을 전제하는 구성 및 컨텍스트의 개념으로부터 구분하고 있다. 구성이란 형식적 차원의 완결성으로서, 소네트 형식이 그 좋은 사례라고 할 수 있다. 우리는 어떤 시가 두 개의 4행 연과 세 개의 3행 연을 갖추지 않은 한, 그것을 소네트라고 부를 수 없을 것이다. 컨텍스트는 '내용적인' 완결성이다. 예컨대 완결된 문장만이 문장으로 지각될 것이다. 추리소설의 줄거리 역시 같은 의미에서 '컨텍스트'를 이룬다. 마지막 순간에 완전한 진상이 밝혀지기 전까지는 어떤 줄거리라도 의미 있는 전체로서 받아들여질 수 없을 것이기 때문이다. 그러나 이러한 완결성은 구조가 성립하기 위한 필수적인 조건은 아니다. 예컨대 시나 소설의 단편적인 부분에서도 의미 단위, 통사 단위, 서술 단위들간에 일정한 기능적 연관 관계가 확인된다면, 우리는 이를 구조라고 부를 수 있을 것이다. 이처럼 무카르조프스키가 말하는 구조 개념은 헤겔주의적 마르크시즘의 총체적 개념과는 정반대로 단편적·모순적·개방적인 성격을 띠고 있다. 구조의 개방성에 대한 사상은 무카르조프스키로 대변되는 프라하 구조주의자들이 칸트주의를 원천으로 하는 전위주의적 미학에서 출발하고 있음을 단적으로 보여준다. 그들은 미적 대상과 집단 의식을 결부시키고 예술의 역사적인 차원에 주목했다는 점에서, 칸트주의적·전위주의적 미학 속에 사회학과 헤겔주의 철학에서 유래한 몇몇 정리들을 수용했다고 할 수 있다. 열려 있는 구조라는 전위주의적 개념은 예술 속에 사회역사적 요인(특정 집단 의식에 의한 새로운 미적 대상의 구성, 예술의 기능 변천)이 작용할 수 있는 가능성의 공간으로 해석되기에 이른 것이다.

5. 수용미학의 제문제
──해석학과 철학 사이에서

I. 가다머: 칸트와 헤겔

무카르조프스키의 구조주의뿐만 아니라 한스 게오르크 가다머의 해석학 역시 칸트의 판단력 비판과 헤겔의 미학 사이에서 동요하고 있다. 가다머는 한편으로는 예술 작품의 다의성을 강조하면서도, 다른 한편으로는 예술 작품의 진리 내용에 대한 물음을 포기하지 않고 있기 때문이다. 1960년에 발간된 『진리와 방법 Wahrheit und Methode』에는 가다머의 이같은 양면적인 입장이 잘 드러나 있다. 여기서 그는 칸트가 자연과학을 진리 개념의 표준으로 삼은 나머지 미의 개념과 진리의 개념을 분리시킨다는 점을 비판한다. 그러나 이와 동시에 그는 칸트의 노선에 서서, 개념적 사유 속에 미와 예술을 통합시키려는 헤겔주의적 입장에 대한 반대 입장을 분명히한다. 예술 작품이 '이념의 감각적 현현'으로서 명백히 정의될 수 있는 의미를 가지고 있다는 헤겔의 사상은 가다머에의해 철저히 비판된다. 예술을 철학적 체계로 환원시키려는 헤겔의 시도는 결코 성공할 수 없다.

가다머는 오히려 예술의 진리가 개념의 영역 너머에 있다는 ——낭만주의적이고 하이데거적인——가정을 출발점으로 삼는다. 다시 말해서 예술의 진리는 철학이나 과학적 사유를 통해 표현되는 진리와 질적으로 다른 차원의 문제라는 것이다. 예술의 진리는 개념적 진리보다 우월하며, 따라서 이 진리를 철학이나 과학의 방법을 통해 포착하는 것은 불가능하다. 우리는 이러한 사상의 뿌리를 독일 낭만주의의 대표적인 이론가인 프리드리히 슐레겔에게서 찾아볼 수 있을 것이다. 프리드리히 슐레겔 역시 예술 작품에 더 고차원적인 진리가 담겨 있다는 믿음에서 도리어 과학(학문)이 예술 속으로 흡수 되어야 한다고 주장했던 것이다. 이것은 철학과 과학이 예술에 비해 상위의 진리를 담고 있다는 헤겔의 생각과 상반된다.

가다머 미학의 칸트주의적 특징은 그가 예술 작품을 '언제나 새로운 해석을 향해 열려 있는' 다의적 구조물로 파악한다는 데서 잘 드러난다. 이 점에서 그의 입장은 프라하 구조주의의 문학 이론과 일맥상통한다고 할 수 있다. 이와 동시에 훗날 수용미학을 통해 제기된 문제 의식 역시 가다머의 논의 속에서 예견되고 있다. 가다머를 출발점으로 하는 해석학적 수용미학의 기본적인 명제는 다음과 같이 요약할 수 있을 것이다. 예술 작품과 문학 텍스트는 시대의 변화에 영향을 받는 역사적인 현상이다. 이들은 각 시대마다 새로운 의미로 해석되는데, 그것은 작품을 둘러싸고 있는 규범 · 가치 · 기대가 변화하기 때문이다.

이런 맥락에서 가다머는 문학적 진화를 '질문과 대답'으로 이루어지는 해석학적 과정으로 파악하고 있다. 새로운 기대지평 Erwartungshorizont 선상에 들어선 텍스트는 이전까지는 제기된 바 없는 질문에 대답하게 되고, 그 과정에서 텍스트의 새로운 의미가 창출된다. 예술적 진리는 이처럼 기대지평의 역사적 변동에 따라 함께 변화하는 것이다. 따라서 후대의 수용 과정에서 형성된 텍스트의 진리는 최초의 수용의 맥락, 즉 텍스트가 생성된 당시의 '역사적 지평'과는 동떨어진 것일 수도 있다.

II. 야우스의 문학 해석학

수용 과정에 대한 한스 로베르트 야우스의 견해 역시 이와 비슷하다. 야우스는 1970년의 저서 『도전으로서의 문학사 *Literaturgeschichte als Provokation*』에서 수용 및 영향미학을 근간으로 하는 새로운 문학사의 구상을 제시하면서, 볼프강 카이저류의 작품 내재적 문학 이론이나 루카치, 골드만 등으로 대변되는 마르크스주의 생산미학과의 결별을 선언한다. 그는 이들 이론이 수용의 문제를 도외시하기 때문에 다양한 수용 양상과 기대 지평이 문학의 발전에 어떤 영향을 미치는지 설명하지 못한다고 비판한다.

야우스의 수용 이론을 칸트주의적이라고 규정할 수 있는 우선적인 근거는, 이 이론 속에서 관찰자(예술 감상자)의 관점이 대단히 강조되고 있다는 사실에서 찾을 수 있다. 야우스의 논의는 가다머의 해석학보다도 더 수용자의 입장에 치우쳐 있는데, 우리는 이 한 가지 사실만으로도 야우스적 수용 이론이 예술가와 그의 창작 과정을 논의의 출발점으로 하는 모든 헤겔주의 미학에 대한 대안적 성격을 띠고 있다는 점을 쉽게 수긍할 수 있을 것이다. 야우스는 형식주의자나 프라하 구조주의자들과 마찬가지로 문학 작품이 언제나 해석의 여지를 남겨두고 있는 다의적인 구조물이라는 점을 지적하면서, 문학에 있어서 표현 차원의 중요성을——바로 이 개념을 사용하고 있는 것은 아니지만 적어도 함축적으로—— 역설하고 있다. 따라서 그가 문학 텍스트 속에서 '의미 구 조'나 '심층 구조'를 발견해내려는 어떤 시도에 대해서도 회 의적이라는 것은 놀라운 일이 아니다. 그러한 시도가 골드만 류의 마르크스주의에서 이루어지든, 그레마스의 기호학을 통해 실현되든간에, 그것은 끊임없는 새로운 해석 가능성을 강조하는 야우스의 이론과는 양립할 수 없는 것이다. 야우스 는 텍스트의 동일성을 유지해주는 불변 요소의 존재를 부정 한다.

가다머의 경우와 마찬가지로 야우스의 논의에서도 예술 작품은 기대 지평의 변천에 따라 끊임없이 새로운 의미를 획 득하는 역사적 대상으로 파악되고 있다. 예술 작품 자체는 그것으로부터 생겨난 미적 대상(무카르조프스키, 보디치카) 가운데 그 어느 것과도 동일시될 수 없다. 야우스는 이런 입 장에서, 문학 텍스트가 특정한 이념이나 현실을 반영한다고 보는 마르크스주의적 미메시스론을 공격한다. 그에 따르면, 예술 작품은 다의적이기 때문에 독자를 향해 끊임없이 새로 운 질문을 제기하고, 이로써 독자의 기대 지평을 변화시킬 수 있다. 즉 예술 작품은 예술 규범 및 기타 사회적 규범에 대한 공중(公衆)의 의식에 변화를 가져올 수 있다는 것이다. 예컨대 문학이 극이나 서사시 형식의 혁신을 통해서 확립된 기존 규범에 이의를 제기할 때 독자나 관객은 러시아 형식주의에서 말하는 '새로운 시각'을 얻게 될 뿐만 아니라, 문학과 현실에 대한 자기 자신의 관념을 재검토하도록 유도될 것이다. 이는 경우에 따라서는 문학과 현실에 대한 새로운 이해로 이어질 수도 있다. 처음에는 이해할 수조차 없는 낯선 텍스트라 할지라도 이와 기꺼이 진지한 대화를 시도하는 독자는 결국 자기 자신의 가치 규준을 수정하면서 텍스트가 제공하는 미적 경험을 받아들일 수 있다. 그러한 독자는 텍스트가 인도하는 방향으로 자신의 기대 지평을 확장시켜나갈 것이다. 야우스는 이러한 경우를 가리켜서 텍스트와 독자 사이에 '지평 융합 Horizontverschmelzung'이 일어난다고 말한다 (이 개념은 가다머에게서 차용된 것이다).

야우스의 독자 중심적 문학사 서술에 대한 마르크스주의 진영의 비판의 목소리는 70년대 중반에 이미 높아져 있었다. 1973년에는 동독의 불문학자 만프레트 나우만 Manfred Naumann의 주도하에 『사회, 문학, 독서 Gesellschaft, Literatur, Lesen』라는 논문집이 출간되었는데 이 책의 저자들은 야우스가 기대 지평의 개념을 문학적 · 심미적 체험에만 국한시킴으로써 모든 텍스트 이해를 규정짓는 사회적 요인을 무시하고 있다고 비판했다. 또 한 가지 비판의 초점은 야우스의 '미분화된 청중 개념'에 모아졌다. 한 사회의 청중이 매우 이질적인 집단이며 따라서 모든 수용의 과정이 특수한 집단의 이해와 이데올로기에 영향받지 않을 수 없음에도 불구하고, 야우스는 한 시대 전체에 걸쳐 동질적인 집단으로서의 청중이 존재한다고 가정했다는 것이다.

지금까지 논의한 것처럼, 야우스의 수용미학은 수용자의 관점을 우선시하고 예술의 다의성을 강조한다는 점에서 '칸트주의적' 경향을 두드러지게 나타낸다고 할 수 있다. 하지만 야우스의 논의 속에는 이러한 칸트주의적 입장과는 모순되는 정리들 또한 담겨 있는 것이 사실이다. 그는 거듭해서 '헤겔주의적'인 태도로 오해 속에 가려져온 문학 작품의 진리 내용을 발굴해내려고 시도하기 때문이다. 그는 예컨대 괴테의 『이피게니 Iphigenie auf Tauris』가 '계몽주의와 인간주의'를 대변하는 드라마라고 주장하는가 하면, 『젊은 베르테르의 슬픔』과 같은 작품들도 어떤 특정한 '기대 지평'에 귀속시킬 수 있다고 믿고 있다. 여기서 야우스가 말하는 기대 지평은 가다머의 해석학적 개념이라기보다는 칼 만하임의 지식사회학에서 유래한 개념이다. 그런데 헤겔적 전통에 서 있는 만하임에게서 기대 지평의 개념은 '시각 구조(視角構造)Aspektsstruktur' 내지 '세계관 Weltanschauung'과 같은 그의 다른 주요 개념과 긴밀하게 연관되어 있다. 바로 여기서 야우스의 수용미학이 안고 있는 간과하기 어려운 문제점이 드러난다. 괴테의 작품을 어떤 하나의 '기대 지평' 또는 '세계관'으로 확정하려는 그의 헤겔주의적인 시도는 텍스트의 불변 요소를 부정하는 칸트주의적 입장과 모순되기 때문이다. 그렇다면 야우스의 문학적 해석학 속에서 예술의 '무개념성'이라는 칸트의 정리와 '이념의 감각적 현현'이라는 헤겔적 정리가 서로 어떤 관계에 놓여 있는가라는 문제가 자연스럽게 제기된다. 그러나 야우스는 이 같은 물음에 대답하지 않는다. 따라서 텍스트의 표현 차원과 내용 차원 사이의 관계 역시 제대로 해명되지 않은 채로 남게 된다. 이 문제는 야우스가——특히 기호학에서 제기된——텍스트 구조와 텍스트의 불변 요소에 관한 문제를 무시하는 이상, 결코 제대로 해명될 수 없을 것이다.[5]

Ⅲ. 잉가르덴과 이저의 영향미학

텍스트의 구조나 불변 요소의 문제에 대한 철저한 탐구는 로만 잉가르덴(1893~1970)과 볼프강 이저에 의해서 이루어

---

5) 야우스에 대한 지마의 비판은 『문예미학』에 좀더 상세히 전개되어 있다. 지마에 따르면 야우스 입장의 애매성은 부분적으로 그가 독자의 개념을 '독자로서의 작가'와 거의 동일시하는 데서 비롯된다. 예컨대 괴테는 작가인 동시에 일정한 기대 지평을 갖고 있는 독자이기도 하다. 이러한 관점에서는, 문학 작품이 그것을 창조한 작가의 '기대 지평'을 반영하고 있는 것으로 나타나게 된다. 이 지점에서 지마는 작품을 작가의 기대 지평에 따라 규정하려는 야우스의 시도가, 텍스트의 의미가 언제나 독자의 기대 지평 속에서 새로운 의미를 얻게 된다는 해석학적 명제와 모순되는 것이 아닌가 하는 의문을 제기하고 있는 것이다.

졌다. 그들의 탐구는 현상학적 입장을 기반으로 하는 영향미
학Wirkungsästhetik이라는 점에서 야우스의 해석학적 이론
과 근본적으로 다르다. 야우스가 역사적으로 존재한 청중이
나 독자를 연구 대상으로 삼은 것과는 반대로, 잉가르덴과
이저의 주요 관심사는 문학 텍스트의 잠재적인 영향력
Wirkungspotential을 해명하는 작업이었다. 역사적 수용 과
정을 대상으로 하는 야우스의 해석학적 이론과 텍스트의 영
향력에 관한 이저의 현상학적 이론을 비교해볼 때, 우리는
흔히 '수용미학'으로 통칭되는 이론적 조류가 실은 매우 이
질적인 문학 이론들의 복합체라는 사실을 확인하게 된다.

로만 잉가르덴은 에드문트 후설(1859~1938)이 제안한 존
재론과 현상학의 구별을 논의의 출발점으로 삼는다. 그는 이
구별에 입각해서, 『문학 예술 작품』(1931)에서는 작품의 '본
질을 이루는 구조'라는 존재론적 문제를, 『문학 예술 작품의
인식』(1936)에서는 작품이 독자에게 어떻게 지각되는가라는
현상학적 문제를 탐구하고 있다. 잉가르덴에게서 이 두 가지
고찰 방식은 상호 보완적이다. 왜냐하면 독자에 의한 문학
텍스트의 구체화(해석)가 적합한 것인지 아닌지를 따지기 위
해서는 우선 그 텍스트 자체의 속성이 밝혀져야 하기 때문이
다. 이런 맥락에서 잉가르덴은 문학 텍스트 자체의 속성을
'도식적 구조물'로 파악하고, 이를 독자에 의해 구체화된 작
품과 구별하고 있다. 잉가르덴은 후설의 입장을 따라서, 종

속적으로 존재하는 seinsheteronom 대상(즉 주체의 의지에 따라 존재하는 지향성〔志向性〕 대상)과 자율적으로 존재하는 seinsautonom 대상을 구분하고, 예술 작품을 전자의 부류에 포함시킨다. 자율적으로 존재하는 대상은 일상적인 사물과 같은 것으로서 인간 의식과는 무관한 독립적인 실존을 지니는 반면, 지향성 대상은 그 존재와 속성이 (예술가, 작가의) 의식 활동에 좌우된다. 자율적으로 존재하는 대상은 원칙적으로 남김없이 인식될 수 있다. 그것은 어떤 '빈틈'도 드러내지 않기 때문이다. 그러나 문학 작품과 같은 지향적 대상은 수많은 빈틈 또는 불확정적인 공간을 포함하고 있다. 이러한 틈새는 작품을 읽는 독자에 따라서 다양한 방식으로——자의적인 것은 아닐지라도——채워질 수 있다. 실제로 존재하는 탁자는 원칙적으로 빈틈없이 분석되고 묘사될 수 있을지 모르지만, 소설이나 드라마에 나오는 허구적 탁자는 그렇지 않다. 허구적 탁자는 종종 그 모양·색깔·크기에 있어서 다양한 방식으로 구체화될 수 있는 것이다.

이 점에서 잉가르덴의 입장은 프라하 구조주의자들과 비교될 만하다. 프라하 구조주의자들이 예술품과 미적 대상을 구별했듯이, 잉가르덴 역시 구체화될 여지를 남기고 있는 물질적 도식으로서의 작품 구조와 독자가 이 도식에 포함되어 있는 불확정적 공간을 채워넣음으로써 성립하는 '구체화된 작품'을 구별하고 있는 것이다. 이러한 구별을 통해서 그는 다음과 같은 통찰에 도달한다: "하나의 작품은 미학적으로 가치 있는 다양한 구체화를 허용한다. 그리고 이러한 구체화 가능성 가운데 일부는 작품 자체 속에 이미 암시되어 있다." 여기서 다시 미학적 가치와 예술적 가치라는 개념 구분이 성립한다. 잉가르덴에 따르면, 미학적 가치가 독자에 의해 구체화된 작품에 관련되는 것인 반면, 예술적 가치는 작품의 의미 잠재력 속에 내재한다.

후설과 잉가르덴이 말한 존재론/현상학의 구분은 볼프강 이저에게서도 여전히 중심적인 의미를 지닌다. 이저는 잉가르덴이 제안한 지향성 대상 개념(도식으로서의 작품이라는 개념)을 기반으로 이상적 독자를 재구성하려고 시도하고 있기 때문이다. 그는 이상적 독자가 텍스트 자체 내에 확립된, 텍스트에 적합한 수용 양식을 나타낸다고 설명하면서, 이를 — '내포 작가the implied author'라는 웨인 부스의 용어를 본따서 — '내포 독자 der implizite Leser'라고 명명한다.

잉가르덴의 경우와 마찬가지로 이저의 이론 역시 문학 텍스트의 표현 차원이 자율적이라는 사상을 출발점으로 하고 있다. 그에 따르면 텍스트의 기표는 기의를 표시하는 수단이라기보다는 '오히려 기의의 생산을 위한 지침'으로 이해되어야 한다. 결국 의미 부여의 문제는 구조주의에서처럼 수용의 영역(무카르조프스키나 보디치카라면 '미적 대상'의 영역이라고 말할 것이다)으로 옮겨진다. 텍스트는 독자에 의한 구체화 과정을 유도하는 '잠재적 조종 장치 Lenkungspotential'를 갖추고 있어서 독자가 자기 마음대로 텍스트를 해석할 수 있는 가능성은 배제된다. 그러나 텍스트가 적극적으로 독자에게 어떤 특정한 구체화를 강요하는 것은 아니다. 잉가르덴이 얘기한 구체화의 개념이 다소 기계적인 것이었던 반면(즉 여기서 구체화란 불확정적 공간을 채워넣는 독자의 행위일 따름이다), 이저에게서 구체화 과정이란 텍스트와 독자 사이에 상호 작용이 일어나는 역동적인 과정으로 간주되고 있다. 이 상호 작용의 과정에서 결정적인 역할을 하는 것은 목록 Repertoire, 텍스트 전략Textstrategien, 독자에 의한 실현 Realisation, 이상의 세 가지 요소다.

목록이란 문학 텍스트와 그것을 둘러싼 환경 사이의 관계를 포착하게 해주는 개념이다. 문학 텍스트 속에 암시된 당대의 문학적 전범이나 사회 규범·관례 등이 텍스트의 목록을 이룬다. 문학 텍스트는 이처럼 자기가 속한 사회의 문학 및 문학 외적 규범·관례 등의 체계를 '목록' 속에 부분적으로 수용함으로써 외부 환경에 대응하는 것이다. 목록이 텍스트의 계열체적 측면이라고 한다면, 그것을 토대로 성립하는 텍스트 전략은 통합체의 영역에 속한다고 할 수 있다. 이저가 말하는 전략은 많은 점에서 형식주의자들의 '기법' 개념과 일치한다. 예컨대 소설의 작가나 화자가 특정한 인물·상황·사건을 다른 인물·사건·상황보다 더 전면에 내세우기 위한 수단으로 사용하는 서술 기법과 서술 시점 따위가 텍스트 전략에 해당된다. 텍스트 전략과 목록은 작가가 어떤 특수한 지평 위에서 의미 있는 것을 주제로 부각시키고, 독자의 관심을 묶어두고 과거의 사건·행위·상황을 새로운 조명 속에서 드러나게 하는 수단이다. 이와 동시에 작가는 독자에게 새로운 기대를 불러일으킴으로써 수용 과정, 즉 텍스트의 실현 과정을 조종한다. 그러나 텍스트 속에 이미 실현 과정을 조종하는 장치가 담겨 있다는 사실은, 결코 텍스트의 의미가 명백히 확정될 수 있음을 뜻하지는 않는다. 텍스트는 내포 독자에게 다양한 독해 방식을 허용한다. 내포 독자란 한편으로 텍스트 읽기에 적합한 이상적 독자라고 정의될 수 있다. 다른 한편으로 내포 독자는 텍스트 속에 '표시되어 있는 독자의 역할'로 정의되기도 한다. 다시 말해서 내포 독자는 현상학적으로 구성된 이상형으로서, 텍스트 속에서 표면화된 허구적 독자(즉 화자가 말을 거는 화자의 상대역으로서의 독자)와도, 실제로 소설을 읽는 과거, 또는 현재의 독자와도 구별되는 존재인 것이다.

　이러한 현상학적 입장은 1991년에 출간된 이저의 저서 『허구적인 것과 상상적인 것 Das Fiktive und das Imaginäre』에서 더욱 발전된 모습을 보여주고 있다. 이저는 이 책에서 후설의 현상학, 한스 바이힝어 Hans Vaihinger의 『가정(假定)의 철학 Die Philosophie der Als Ob』(1922), 넬슨 굿맨 Nelson

Goodman의 픽션의 이론을 출발점으로 하여 현실/허구의 이분법이 결코 확고한 것이 아니라는 것을 보여준다. 그에 따르면 허구적인 것은 '현실적인 것 Das Reale과 상상적인 것 Das Imaginäre 상호간에 일정한 결합 관계를 만들어내기 위해서 양자 사이에 끊임없이 개입'한다. 다시 말해서 허구의 창조는 선별과 조합과 같은 조작을 통해서 현실적인 것을 개조하는 행위라고 할 수 있다〔현실적인 것의 비현실화〕. 이로써 문학은 실제 세계와 유사한 '가상 als ob'의 세계를 만들어내고, 수용자는 상상적인 것의 영역 속에서 이 인공적인 가공물에 반응하게 된다. 즉 수용자는 문학에 의해 제공되는 비현실적인 세계와 접촉하고, 자기 자신의 경험을 토대로 이 세계에 생명을 불어넣는다는 것이다〔상상적인 것의 현실화〕.

이상에서 간략히 살펴본 이저의 이론적 논의는 문학의 의미론적 잠재력과 독자의 역할을 상세하게 기술하고 이를 토대로 현상학적 영향미학의 풍부한 가능성을 실현했다는 점에서 높이 평가할 만하다.

6. 마르크스주의와 비판 이론의 미학
— 헤겔과 칸트 사이에서

I. 루카치와 골드만의 헤겔주의 미학

루카치(1885~1971)와 골드만(1913~1970)은 헤겔의 입장을 토대로 하여 유물론적 미학을 기획한 사람들이다. 이런 점에서 그들은 칼 마르크스와 프리드리히 엥겔스의 직접적인 후예라고 할 수 있다. 마르크스와 엥겔스가 구상한 유물론적 미학에서도 예술 작품에 표현된 이념적 내용이라는 헤겔의 문제가 논의의 기본적인 출발점을 이루고 있기 때문이다. 다시 말해서 "이상의 개념적 표현"(헤겔)이 문제인 것이다. 마르크스와 엥겔스가 남긴 문학과 예술에 대한 글을 보면 작품의 미메시스적·리얼리즘적 기능이 그들의 중심적인 관심사였음이 잘 드러난다. 마르크스와 엥겔스가 특히 주목했던 것은 예술 작품(이를테면 발자크의 소설들)이 다양한 관계들의 총체를 충실히 재현하고 있는가, 당대의 역사적 경향을 잘 묘사하고 있는가 하는 문제였다. 그들의 견해에 따르면 문학의 과업은 전형적인 인물·행위·상황을 수단으로 특정한 사회역사적 구도를 묘사하고 설명하는 것이다. 문학은 현실을 낯설게 한다든가 새로운 시각을 열어준다든가 의 미론적 잠재력을 강화한다든가 하기 위해 존재하는 것이 아니다. 문학은 일차적으로 인식적 · 설명적 기능을 수행해야 한다. 마르크스와 엥겔스는 오직 "일반적 원칙들"(헤겔)이 개별적인 경우 속에서 어떻게 관철되는지를 보여주는 문학, 다시 말해서 보편적인 역사 법칙을 특수한 것을 통해서 구체적으로 드러내주는 문학만이 이러한 요구에 부응할 수 있다고 주장한다. 즉 개별적인 현상과는 무관하게 보편적인 것을 직접 보여주려는 모든 시도는 필연적으로 추상화의 위험에 빠지게 된다는 것이다.

루카치는 이미 초기의 저서 『소설의 이론 *Theorie des Romans*』(1920)에서 헤겔의 미학을 소설 장르에 체계적으로 적용시키려고 시도한 바 있거니와——아마 그러한 시도로서는 『소설의 이론』이 최초의 사례일 것이다——이후 그가 전개한 논리는 마르크스-엥겔스의 헤겔주의적 · 유물론적 미학의 입장을 충실히 따른 것이라고 평가할 수 있다. 루카치의 관심사는 문학 텍스트의 다의성이라든가 그 영향 따위의 문제와는 거리가 멀다. 그의 논의는 오히려 작품이 생산되는 맥락과 작품의 미메시스적 기능에 집중되어 있다. 루카치는 문학이 사회적 · 역사적 연관의 총체를 포착하고 이를 투명하게 드러내야 한다고 주장한다. 루카치의 이 같은 규범 미학적 입장은 리얼리즘에 관한 연구들이나 후기 저작인 『미적인 것의 고유성 *Die Eigenart des Ästhetischen*』에서 일관되게 표명되어 있다. 루카치 미학의 헤겔주의적 면모는 그가 '무개념성'이라는 칸트의 구상을 비판하는 경우에 특히 분명히 드러난다. 그에 따르면 칸트의 철학은 "'무개념성'을 내세워 미학의 영역 속에 이성이 자리잡을 여지를 없애버린다." 루카치는 헤겔과 마찬가지로 문학과 예술이 현실을 파악하고 설명해내야 한다고 생각한다. 이 점에서 그것은 철학적 사유의 기능을 대신하거나 보완할 수 있다. 헤겔이 예술과 철학을 각기 감각과 개념의 영역에 귀속시키듯이, 루카치 역시, "예술은 의인화 경향을, 철학은 탈의인화 경향을 나타낸다"는 명제를 제시한다. 그러나 루카치가 예술과 철학의 관계에 대한 헤겔의 입장에 전적으로 동의하는 것은 아니다. 헤겔은 미적인 것이 감각적 속성을 지닌다는 점을 근거로, 예술적 활동을 개념적 활동 아래 예속시키려고 시도한다. 그에 따르면 예술은 점차 철학 속에 흡수되어갈 것이다. 그러나 루카치는 의인화하는 예술의 속성에서 새로운 가능성을 발견한다. 노동 분업에 의해 파편화된 시대, 추상적인 교환가치가 군림하는 시대에는 전체적인 인간성, 즉 인간의 총체성을 수호하고 현실을 투명하게 드러내는 과업이 예술에 부여된다. 노동 분업의 원칙에 따라 분화되고 특수화된 과학은 현실 전체를 포착할 능력을 상실하고 말았기 때문이다.

　루카치의 리얼리즘 문학론은 위에서 다루어진 마르크스와 엥겔스의 입장을 추종하고 있다. 루카치가 옹호하는 리얼리즘 문학이란 전형적인 인물과 상황을 통해서 현상의 배후에

숨어 있는 본질을 인식할 수 있게 해주는 문학, 즉 '이념의 감각적 현현'을 가능케 하는 문학을 말한다. 루카치는 이러한 관점에서 문학의 '자연주의적' 경향과 '리얼리즘적' 경향을 구별한다. 여기서 '자연주의'란 졸라에서 표현주의까지를 포괄하는 개념으로서, 루카치에 따르면 이들 문학은 현상의 표면에 매달린 채 그 배후에 놓여 있는 본질은 건드리지조차 못한다. 이 점에서 자연주의적 문학은 전형적인 것을 통해서 본질을 드러내는 '리얼리즘적' 반영과 근본적으로 구별된다. 루카치는 리얼리즘의 대가로 월터 스코트, 발자크, 그리고 현대 작가 가운데는 토마스 만 등을 꼽고 있다.

루카치의 미학은, 프란츠 카프카와 같은 모더니즘 작가를 비롯해, 전위주의 전체를 '퇴폐적'이라고 낙인찍는다는 점에서 규범적인 성격을 강하게 드러내고 있다. 그뿐만 아니라 루카치의 미학은 논리중심주의적이기도 하다. 여기서 문학과 예술은 헤겔의 미학에서처럼 개념적 술화 아래 종속되기 때문이다. 다시 말해서 루카치의 미학에서 문학 작품은 '이념'이나 이데올로기를 명백하게 표현하는 매체로 간주되고, 이에 따라 작품의 양가성과 다의성은 억압당한다. 루카치의 논의 속에서는 예컨대 토마스 만을 '모더니스트'의 한 사람으로 볼 수 있지 않을까 하는 문제, 그 역시 전위주의자들의 동지였던 것은 아닐까 하는 문제는 제기될 여지조차 없다. 요컨대 루카치의 미학은—헤겔의 미학과 마찬가지로—내용 차원의 미학, 기의의 미학으로서 예술 작품의 다의성을 무시하고 수용 과정에서 작품이 새롭게 해석될 가능성을 배제한다.

이런 관점에서 볼 때 루카치의 제자라고 할 수 있는 뤼시엥 골드만의 문학사회학 역시 헤겔주의적이다. 골드만은 문학 텍스트가 '의미 구조들 stuructures significatives'의 총체로 조직된 '의미 있는 전체'라는 생각에서 출발한다. 그는 자신의 방법을 '발생론적 구조주의'라고 명명했는데, 이는 문학 텍스트의 의미 구조를 이해하고 설명하는 데는 발생론적 접근, 즉 생산미학적 접근이 필수적이라는 골드만의 믿음을 잘 표현해주고 있다. 문학 텍스트의 의미 구조는 특수한 집단의 세계관 visions du monde으로부터 생겨난다. 위대한 작가는 작품을 통해서 자기가 속한 집단의 세계관을——마치 그가 그 집단을 대표하기라도 하듯이——대단히 효과적인 방식으로 표현한다.

이처럼 특정한 사회 집단의 의식이 예술 작품 속에 표현된다면, 작가는 사회나 예술(문학) 사이를 매개하는 존재로 간주될 수 있을 것이다. 예컨대 골드만은 『숨은 신 *Le Dieu Caché*』(1955)에서 블레즈 파스칼의 『팡세』와 장 라신의 비극들을 실례로 해서 이러한 테제를 입증하려고 시도했다. 그에 따르면 파스칼의 저서와 라신의 비극 작품 속에는 17세기 법복 귀족 noblesse de robe의 비극적 · 장세니즘적 의식이 표명되고 있다는 것이다. 이때 특히 주목해야 할 것은, 라신과 같은 작가가 표현하는 의식이 경험적인 현실 속에서 확인될 수 있는 법복 귀족의 의식을 그대로 반영하는 것은 아니라는 골드만의 생각이다. 문제되는 것은 오히려 그 집단에 귀속되는 의식 zugerechnetes Bewußtsein[6] (루카치) 또는 '가능한 의식 conscience possible'이다. 현실에 있어서 집단(장세니즘적인 법복 귀족)의 의식은 일관성이 없고 모순된 것일 수 있다. 이러한 경험적 의식은 위대한 철학 또는 문학 작품을 통해서 비로소 하나의 의미 구조를 가진 일관성 있는 세계관으로 구성되는 것이다. 골드만은 심지어 전위주의적 텍스트들에서도 의미 있는 총체성을 발견할 수 있다고 믿는다. 이 점에서 그의 입장은, 총체성이 결여되어 있다는 이유로, 전위주의 전체를 '퇴폐적'이라고 몰아붙인 루카치의 미학과는 구별된다.

---

6) '귀속되는 의식'이라는 개념은 계급 의식에 관한 루카치의 논의에서 유래한 것이다. 『역사와 계급 의식』에서 루카치는 실제 프롤레타리아 계급의 '심리적인' 의식과 계급 본연의 객관적인 의식, 즉 본래 프롤레타리아에게 '귀속되는' 의식을 구별하고 있다. 다시 말해서 '귀속되는' 의식이란 프롤레타리아 계급이 처한 '생산 과정의 전형적 상황에 적합한 것으로 간주되는 합목적적인 반응'을 의미한다. 그러나 경험적인 프롤레타리아의 의식은 이러한 합목적성에 배치되는 것일 수도 있다.

II. 벤야민: 충격과 전위주의

발터 벤야민(1892~1940)의 미학은 루카치, 골드만 등의 이론과는 반대로 내용 차원보다는 표현 차원에 주안점을 두고 있다. 특히 유럽 전위주의 문학의 실험이 벤야민의 미학에 미친 영향은 지대하다. 그런데 이 같은 벤야민의 관심은 그의 철학적 입장, 특히 그가 구상한 변증법과 따로 떼어놓고 이해할 수 없다. 벤야민의 변증법은 헤겔의 '지양(止揚)' 개념을 극단적인 양가성, 즉 종합이 없는 대립자의 통일로 대체한다는 점에서, 부정적인 성격을 지닌다. 벤야민은 이미 『독일 비극의 기원 *Der Ursprung des deutschen Trauerspiels*』 (1928)에서 그러한 비헤겔적 변증법의 구상을 제시하고 있다. 이에 따르면 개념 속에서는 '이념 Idee'이 모순적인 통일체로서, 즉 두 극단의 통일체로서 표현되어야 한다. 벤야민의 사유 방식은 이처럼 모순의 지양을 통한 종합이라는 전진의 계기가 없다는 점에서, 그 스스로 말하듯이 '정지된 변증법 Dialektik im Stillstand'이라고 규정할 수 있을 것이다.

'정지된 변증법'은 벤야민의 미학적 저작 전체를 관통하는 핵심적인 사상이다. 그는 거듭해서, 극단적으로 대립하는 현상이나 입장들이 실은 상호 보완적 관계를 맺고 있음을 보여주려고 시도한다. 예컨대 그의 『파리의 아케이드 *Passagen-Werk*』[7]에서는 '예술을 위한 예술'의 유미주의와 상업화된 예술이, 즉 유미주의적인 예술의 절대화와 시장에 의한 예술의 타락이 서로 긴밀하게 연관된 현상임이 지적되고 있다. 벤야민은 이러한 논리의 연장선상에서 역사의 발전 과정이 진보를 향한 과정인 동시에 파국을 향한 과정이라는 주장을 펼친다. 이때 진보와 파국의 통일은 결코 헤겔이 말하는 '더욱 고차적인 것 속에서의 종합'이나 '지양'을 의미하지 않는다. 그것은 파괴적이고 해체적인 의미의 통일, 해결될 길 없는 난제(아포리아)로서의 통일이다. 그렇다면 데리다나 폴 드 만과 같은 해체주의자들이 거듭해서 벤야민에 관한 글을 쓴 것(데리다의 1985년의 논문 「바벨탑 Des Tours de Babel」과 폴 드 만의 1983년 논문 「발터 벤야민의 에세이 '번역자의 과제'에 대하여 Walter Benjamin's 'The Task of the Translater'」 등)은 놀라운 일이 아니다. 왜냐하면 헤겔 체계의 붕괴 이래 변증

---

7) 벤야민은 파리 체류중이던 1927년 『횡단』이라는 잡지에 기고할 에세이 '파리의 아케이드들'을 준비한다. 벤야민이 아케이드 passage(지붕 덮인 상가)에 대한 글을 쓰게 된 것은 당시 파리에서 가장 오래된 아케이드 중의 하나였던 오페라 아케이드 Passage de l'Opéra가 헐리고 상젤리제에 새로운 아케이드가 건립된 데 대한 반응이었다. 벤야민에게는 19세기가 발명해낸 '상품의 비밀스런 신전'인 아케이드의 소멸과 탄생이 상품 생산 사회의 역사가 밟아가는 신화적 순환 과정을 상징적으로 표현해주는 사건으로 비쳐졌고, 이를 계기로 그는 19세기의 대도시 파리의 역사를 추적해보려는 구상을 하게 되었던 것이다. 그의 작업은 여러 가지 난관으로 오랜 세월을 끌었고, 시간의 흐름에 따라 『파리, 19세기의 수도』라는 더 방대한 프로젝트로 발전되었으나 끝내 완성에는 이르지 못하였다.

법적 의식을 지배해온 양가성과 아포리아의 사상을 더욱 진전시키는 것은 해체주의자들의 관심사이기도 하기 때문이다.

벤야민의 미학에서 이러한 의식의 바탕에 깔려 있는 것은 충격의 체험이다. 현대 문학에 있어서 충격의 체험은 변증법적 · 비판적 철학에서 얘기되는 대립자의 결합에 상응하는 현상이다. 모더니즘적 · 전위주의적 문학, 예컨대 보들레르, 브레히트, 초현실주의자들의 문학은 충격의 체험을 제시함으로써 독자의 의식을 뒤흔들어놓는다. 이 과정에서 고전주의적 예술 작품이 갖고 있던 조화로운 총체성이나 낭만주의적 작품에 특징적인 문체상의 동질성은 파괴되고 만다. 예컨대 보들레르의 현대적인 서정시 속에는 'quinquet(켕케식, 洋燈)' 'wagon(차량)' 'omnibus(합승마차)'처럼 전혀 비서정적인 어휘들이 뒤섞여 들어온다. 이로써 보들레르 시를 특징짓는 이질적인 통일성, 즉 대립자의 통일성이 형성되는 것이다. 벤야민에 따르면 보들레르 언어 정신의 진수를 이루는 것은 이러한 급작스러운 '대립자의 일치 coincidentia oppositorium'로서, 바로 여기서 독자의 의식을 뒤흔드는 충격이 비롯된다. 이와 유사한 충격의 효과는 브레히트 서사극의 이화(異化) 기법이나 초현실주의자들의 콜라주 기법을 통해서도 일어난다. 전위주의적 실천의 결과, 헤겔에게 자명한 전제였던 조화로운 예술 작품이라는 이념은 그 기반을 상실하게 된다. 이런 상황에서 모더니즘적 경향에 맞서서 이 이념을 수호하려고 했던 루카치와 같은 헤겔주의자들의 시도는 결코 성공할 수 없었다.

헤겔주의에서 상정하는 조화로운 예술 작품은 일관성 있고 유일무이하며 범접하기 어려운 위엄을 갖추고 있다고 할 수 있겠는데, 벤야민은 이를 영기적(靈氣的) 예술 작품이라고 부르고 있다. 그에 따르면 영기적 예술 작품은 고대·중세 이래 종교적 제의와 떼려야 뗄 수 없이 결부되어 있었다. 벤야민은 유명한 논문「복제 기술 시대의 예술 작품 Das Kunstwerk im Zeitalter seiner Reproduzierbarkeit」에서 영기 Aura를 다음과 같이 정의하고 있다. 그것은 "아무리 가까이 있다 하더라도 아득히 떨어져 있는 어떤 것의 일회적인 현현"이다. 그런데 현대적·전위주의적 예술의 실험과 충격 효과는 이 같은 영기적 예술 작품의 유일무이성과 위엄을 파괴한다. 벤야민은 자신의 대부분의 저작에서 영기의 개념이 부르주아 이데올로기의 한 요소라고 비판하면서, 사진이나 영화와 같이 기술에 의한 대량 복제가 가능한 예술의 실천을 옹호한다. 그에 따르면 이러한 예술은 조화, 유일성, 위엄의 원칙을 부정하며 대중에게 비판적 사고를 일깨움으로써 혁명의 과정을 촉진시킬 수 있다. 여기서 예술의 실천을 주도하는 것은 영기적 가치 또는 숭배 가치 Kultwert가 아니라 전시 가치 Ausstellungswert이다. 전시 가치가 지배적인 예술은 개인의 관조보다는 대중의 비판적 수용에 더 기여한다. 벤야민에게 예술의 복제 가능성과 전시 가치는 앞으로 도래할 매체 시대의 문턱에서 혁명의 과정을 촉발시킬 새로운 미학적 원리로 간주되고 있다.

테오도르 아도르노는 벤야민의 이 같은 혁명적·미학적 낙관주의에 대해 의문을 제기한다. 물론 그 역시 조화로운 예술 작품이라는 고전주의적 이념을 거부하기는 하지만, 그렇다고 해서 그가 전시 가치에 대한 벤야민의 옹호론에 동조하는 것도 아니다. 그가 보기에 벤야민의 입장은 시장의 논리, 즉 문화 산업의 논리에 순응하는 것에 지나지 않는다. "전시 가치가 '영기적인 숭배 가치'를 대체할 것이라고 하지만, 여기서 전시 가치라는 것은 교환 과정의 이상화일 따름이다." 오늘날 발전된 대중 매체 산업에 의해 각종 조작이 이루어지고 있는 현실은 아도르노의 판단을 입증해주는 것처럼 보인다.

III. 아도르노: 칸트로의 복귀

루카치와 골드만이 예술 작품의 작품 속에 명백한 의미가 담겨 있다고 가정한 반면에, 테오도르 아도르노(1903~1969)의 미학에서는 예술이 자율적인 현상이자 사회적인 사실 fait social이라는 생각('예술의 이중성')과 예술 작품이 수수께끼적 성격을 띠고 있다는 생각이 중심적인 의미를 지닌다. 아도르노에 따르면 "예술은 무언가를 말하면서도 말하지 않는다.” 그래서 예술 작품은 수수께끼처럼 된다. 이때 미학 이론의 과제는 그 수수께끼를 푸는 것이 아니라 수수께끼가 풀리지 않는 이유를 대는 것이다. 예술 작품의 수수께끼적인 성격은 어디서 오는가? 그 한 가지 이유는 예술 작품이 철학이나 과학과는 달리 모방적이고 비개념적이라는 사실에서 찾아볼 수 있을 것이다. 아도르노는 예컨대 슈테판 게오르게의 시를 통해서 문학 텍스트가 모순적이고 다의적이라는 점을 보여주면서, 이를 어떤 의미 있는 전체로 환원하거나 특정한 의미(세계관, 이데올로기)에 고정시키려는 시도가 얼마나 잘못된 것인지를 지적한다. 그는 헤겔의 ‘애매성을 참지 못하는 태도intolerance of ambiguity’ ‘양가적인 것, 말끔히 정리되지 않는 것을 용인하지 못하는 태도’를 비판한다. 이러한 비판은 헤겔뿐만 아니라 루카치와 골드만으로 이어지는 헤겔주의 전통 전체를 겨냥하고 있다. 물론 아도르노에게도 예술이란 철학적으로 의미심장한 것이다. 그의 관점에서 볼 때 진리 내용과 비판적 차원이 결여된 예술이란 허망하기 짝이 없는 것이다(그런데 이것은 칸트가 무시했던 차원이다). 그러나 그렇다고 해서 예술이 철학으로 번역될 수 있는 것은 아니다. 예술을 개념으로 환원시키는 것은 불가능하다. 아도르노의 『미학 이론 Ästhetische Theorie』에 나타난 이러한 사상은 그가 칸트주의와 표현 차원(기표의 차원)을 중시하는 쪽으로 기울어져 있음을 말해준다. 아름다운 것은 우리의 오성과 개념적 능력에 호소하기는 하지만, 그래도 그것은 '개념 없이' 우리의 마음에 와 닿는 것이며 어떤 개념도 이에 상응하지는 않는다. 칸트적인 노선에서——그리고 프리드리히 테오도르 피셔의 청년 헤겔주의적인 노선에서——아도르노는 헤겔이 폄하했던 자연미의 중요성을 다시 부각시키고 있다. 그는 예술이 그 모방적인 특성 덕택에 개념적 사유와 자연 사이를 중재할 수 있다고 주장한다. 합리주의나 실증주의와는 달리 예술 속에서 사유는 더 이상 자연 지배를 꾀하지 않고 오히려 모방적인 것을 통해 자연과의 화해를 추구한다. 아도르노는 이러한 생각에서 한걸음 더 나아가 "모방 없는 이성은 스스로를 부정한다"는 테제를 제시하면서 예술의 비개념적이고 모방적인 충동을 이론에까지 수용하려고 시도한다. 그는 이러한 시도를 통해서 개념적 사유와 지배 원리를 분리할 수 있을 것이라고 믿었다. 이러한 그의 관점은 『부정적 변증법 *Negative Dialektik*』(1966)에서 제시된 '모델을 통한 사유'라는 구상 속에 잘 표현되어 있다. '모델을 통한 사유'란 특수한 것을 개념과 체계(일반적인 것)의 강제 아래 속박하지 않고 오히려 그것의 특수성을 존중하는 사유를 말한다. 아도르노는 유저 『미학 이론』(1970)에서 이 같은 자신의 관점을 더욱 극단화한 끝에, 예술의 모방적 특성을 진지하게 받아들이는 병렬적 parataktisch(서열이나 위계 구조를 알지 못하는) 이론을 옹호하기에 이른다. 그는 모방적이고 병렬적인

68

이론만이 헤겔주의와 계몽주의를 통해 확립된 자연 지배 원칙 너머의 사유를 가능케 하리라고 믿었던 것이다.

하지만 과연 문예학 이론의 위기가 아도르노가 말하는 병렬체 Parataxis(또는 데리다의 해체)를 통해서 해소될 수 있을지는 의문의 여지가 있다. 왜냐하면 예술에 접근하는 병렬적 술화는 문예학을 여타 사회과학으로부터 동떨어진 것으로 만들 위험이 크기 때문이다. 내가 마지막 장에서 제시하려는 대안은, 이론을 아예 해체시켜버릴 위험이 있는 병렬체보다는, 과학적 대화를 가능케 하는 전제 조건들을 탐색하는 대화적·변증법적 이론이다. 이 이론은 노동 분업과 이데올로기들간의 경쟁으로 인해 이질화되고 서로 무관심해진 다양한 이론들 사이에 대화와 소통의 길을 열기 위해 노력한다.

7. 두 가지 기호학
——에코와 바르트

I. 에코의 기호학: 칸트와 헤겔 사이에서

움베르토 에코의 기호론적 미학은 아도르노의 미학 이론과 상당한 유사성을 나타내고 있다. 두 사람 모두 예술 작품이 다의적이고 개방적이라는 것을 가정하면서도 둘 다 예술의 개념적 의미(아도르노: 예술 작품의 '진리 내용,' 에코: '작품 해석 가능성의 한계')를 완전히 부정하지는 않기 때문이다. 이런 점에서 에코의 미학적 입장 역시 칸트적 불가지론과 헤겔적 논리중심주의 사이 어딘가에 자리잡고 있다고 할 수 있을 것이다. 다만 에코는, 특히 후기의 에코는 아도르노처럼 예술과 문학의 사회 비판적 차원에 강한 관심을 보이지는 않는다. 1962년에 출간된 『열린 예술 작품 Opera aperta』 이래 지금까지 에코가 계속 유지해온 관심사는 의미와 의미의 부정 사이의 상관 관계라는 문제였다. 따라서 이 문제는 에코 기호학의 가장 중요한 테마 가운데 하나라고 할 수 있다.

에코는 『열린 예술 작품』에서까지만 해도 문학 텍스트가 혁신과 낯설게 하기를 원칙으로 하는 개방적이고 '자기 반영적(自己反映的)'인 전언(傳言)이라는 형식주의적 사상을 계승하고 있었다. 여기서 '개방성'이나 '자기 반영성'과 같은 용어들은 에코의 입장이 칸트적인 자율성 미학과 매우 가까운 것임을 증명해준다. 이들 용어 속에는 무개념성이나 '무관심한 만족'과 같은 칸트의 사상이 함축되어 있기 때문이다. 다른 한편으로 '혁신'과 '낯설게 하기' 같은 용어들은 에코 초기 작품이 전위주의와 밀접하게 결부되어 있다는 점을 말해주기도 한다. 에코는 이 저서에서, 문학과 예술에 특징적인 것은 "기대되는 것에 대한 예상"이 아니라 "예상할 수 없는 것에 대한 기대"라고 말하고 있다.

칸트주의와 전위주의의 종합은 특히 제임스 조이스의 소

설에 대한 에코의 논평에서 핵심적인 의미를 지닌다. 에코에 따르면 제임스 조이스는 전통적인 소설의 구조를 낯설게 하고, 줄거리의 시학(詩學), 즉 인과적인 일화적 서술의 시학을 병렬적이고 연상적인 '횡단의 시학'으로 대체한다. 60년대에 이 책(『열린 예술 작품』)을 쓰던 에코에게 조이스가 구사한 낯설게 하기 기법은 후기 자본주의 사회의 소외 현상에 대한 한 가지 가능한 대응 방식으로 비쳤다. 에코가 마르크스주의나 비판 이론의 추종자였던 적은 한번도 없지만, 적어도 그의 초기 저작에서 볼 수 있는 소외 현상에 대한 서술은 일부 마르크스주의자, 또는 비판 이론가들의 논의를 연상시키는 것이 사실이다. 그는 여기서 예술의 개방성과 다의성이 독자를 비판적 성찰로 인도하고 이로써 일상의 소외 현상을 극복하는 데 기여할 수 있을 것이라고 주장한다.

에코의 1968년의 저서 『부재의 구조 La Struttura assente』에서는 이와 같은 '열린 예술 작품'의 구상이 옐름슬레우가 제안한 외시의(外示義)Denotation/공시의(共示義)Konnotation라는 개념쌍의 도움으로 좀더 구체화된다. 여기서 에코는 외시적인 일상어가 문학 텍스트 속에서 공시적 언어로 변화한다는 점을 지적한다. 다시 말해서 일상적 의사 소통에서 기의에 해당되는 것이 문학 텍스트 속에서는 다른, 새로운 기의를 나타내는 기표가 된다는 것이다. 예컨대 프랑스어에서 'rien(무언가)'은 일상적인 어법에서 특정한 외시적 의미를 가지고 있지만, 말라르메의 시 속에서는 이 단어가──다른 부정어들과 결합해서──'글' '글쓰기'라는 공시의를 얻게된다.[8]

　시적 언어가 외시적 기호를 공시적 기호로 변화시킨다는 생각으로부터 다음과 같은 테제가 도출된다. 한 작가에게 고유한 개인어 ideolekt를 구성하는 것은 그의 작품들 속에서 발견되는 공시적 의미들의 관계망이다. 에코는 이처럼 작가 특유의 공시의의 관계망(개인어)을 '개인 약호'라고 명명하고 있다. 흔히 작가들의 개인 약호는 일상적·의사 소통적 언어가 갖는 일반적 약호와 큰 편차를 보일 수 있고, 이런 경우 개인 약호를 일반적 약호로 환원하는 것은 불가능해진다. 예컨대 트라클의 시에서 '누이 Schwester,' 카프카의 우화에 나오는 '법 Gesetz'과 같은 단어들이 그러한 개인어에 해당한다. 이들 단어는 작가 개인에 특유한 방식으로 사용되면서 다양한 공시의를 갖게 되지만, 그것이 과연 무슨 뜻이냐는

---

8) 외시의/공시의 관계는 다음과 같은 그림으로 표시할 수 있다.

기표		기의(공시의)
기표	기의(외시의)	

이런 의미에서 공시의는 2차 의미, 부가적 의미라고 번역될 수도 있을 것이다.

물음에 대한 명백한 답은 존재하지 않는다. 에코는 『일반 기호학 *Trattato di semiotica generale*』(1976)에서, 의미 있는 작품일수록 그만큼 더 다의적이고, 다양한 해석 가능성 앞에 열려 있다고 말한다. 즉 의미 있는 작품은, 그것의 특정한 의미를 확정지으려는 모든 해석보다 더 오래 살아남는다.

그러나 에코는 다른 한편으로, 특히 후기 저작에서 "문학 텍스트는 일정한 구조를 가질 수밖에 없다"는 점을 강조한다. 다시 말해서 문학 텍스트란 누구나 제멋대로 해석할 수 있는 다의적인 기호들의 무더기가 아니라는 것이다. 그렇기 때문에 자유로운 독서의 가능성과 텍스트 구조 사이의 상호 관계를 규명하는 작업이 중요한 의미를 띠게 된다. 에코는 이 점에서 텍스트 해석 가능성의 한계를 규정하려고 노력한 잉가르덴이나 이저와 입장을 같이하고 있다.

특히 『소설 속의 독자 *Lector in fabula*』(1979), 『해석 논쟁』 (1987), 『해석의 한계 *I limiti dell'interpretazione*』(1990)와 같은 에코의 저작에서는 텍스트의 불변 구조(텍스트의 심층 구조)가 어떻게 독자의 독서 과정을 조종하는가 하는 문제가 다루어진다. 이때 텍스트의 불변 구조는 어떤 해석이 의심스럽고 잘못된 것인지를 판별하는 기준을 제공해준다. 이러한 맥락에서 특히 중요한 것은 에코가 제안한 uso와 inter-pretazione의 구분, 즉 사용과 해석간의 구분이다. 사용은 무비판적인 독자의 독서를, 해석은 비판적 독자의 독서를 나타낸다. 무비판적 독자는 텍스트의 요소들을 따로따로 받아들여서 이를 자신의 현실에 직접적으로 연결시킨다. 즉 그는 텍스트의 요소들을 단순히 '원재료'로 취급하고 소비해버리는 것이다. 그 반대로 비판적 독자는 텍스트의 요소들을 텍스트 구조의 관점에서 해석한다. 그러나 텍스트의 구조가 해석의 방향을 전적으로 결정하는 것은 아니다. 그것은 독자에게 다양한 의미 부여 또는 토픽(주제) 선정의 가능성을 열어둔다. 이때 어떤 토픽이 선정되느냐에 따라 텍스트 속의 어휘들이 가지는 특정한 의미론적 자질이 강조될 수도 있고 무시될 수도 있다. 독자는 텍스트를 자기가 가지고 있는 사전 지식을 배경으로 하여 특정한 해석의 가능성을 실현하게 되는데, 에코는 독자가 해석을 위해 동원하는 사전 지식을 백과 사전 또는 백과 사전적 능력이라고 부른다. 이러한 백과 사전의 영역 속에는 역사적·정치적 사건에 관한 지식뿐만 아니라 문학과 같은 허구 세계에 관한 지식도 포함된다. 나폴레옹 1세가 세인트헬레나에서 죽었다든가, 줄리엣이 베로나에서 죽었다든가 하는 지식 등.

에코의 기호학 이론은 작품을 특정한 의미나 개념으로 환원하려는 헤겔주의적(마르크스주의적) 입장에 비판적이면서도——이저와 잉가르덴의 영향미학과 마찬가지로 다의성의 한계를 보여주려고 시도한다는 점에서, 칸트 미학과 헤겔 미학 사이에서 동요하고 있다고 할 수 있다. 앞에서 살펴본 대로 특히 에코의 최근 저작들은 '헤겔'의 극(極)(작품의 구조와 해석의 한계)을 향한 움직임을 뚜렷이 보여주고 있는데, 이러한 움직임은 『장미의 이름 Il Nome della rosa』(1980)과 같은 소설에 나타나는 포스트모더니즘적 경향과 불가분의 관련이 있다. 물론 이 작품은 다층적이고 다양한 해석의 가능성을 남겨두고 있긴 하지만, 에코의 초기 미학의 모델이 되었던 전위주의적 예술 작품처럼 실험적이고 파격적이지는 않다. 오히려 이 작품은 곳곳에서 판에 박은 듯한 문화 산업의 도식 속에 안주하고 있다.

II. 바르트의 니체주의: 기표의 미학

프랑스의 기호학자이자 에세이스트인 롤랑 바르트(1915~1980)의 지적 발전 과정은 여러 가지 점에서 에코의 경우와는 정반대 방향으로 진행되었다고 할 수 있다. 초기 저서 『글쓰기의 영도(零度) Le degré zéro de l'écriture』(1953)와 『신화학 Mythologies』(1957)에서 이데올로기 비판가이자 신화학자로서의 면모를 보여주었던 바르트는 『유행의 체계 Système de la mode』(1967)에서는 확신에 찬 구조주의자를 자처했다가 말기에 가서는 완결되지 않는 열린 텍스트, 어떤 기의나 로고스에도 고정시킬 수 없는 다의적 기표들로 이루어진 텍스트를 예찬한다.

바로 이 세번째 단계가 현재 논의의 맥락에서 특히 중요한 의미를 지닌다. 바르트는 이 단계에서 한편으로 헤겔의 논리 중심주의를 비판하면서, 다른 한편으로 칸트의 '무개념성'의 구상을 극단화시킨다. 바르트에게서 '탈구조주의적인' 기표의 유희가 시작되는 것은 이 지점에서다. 바르트가 자주 사용하는 유희의 은유는, '무관심한 관조'라는 칸트의 사상 속에 함축되어 있는 금욕적 측면까지도 그에게는 극복의 대상임을 암시하고 있다. 바르트의 글읽기를 관통하는 것은 아름다움 앞에 선 자의 금욕적 찬탄이 아니라 텍스트에 대한 욕망과 쾌락이다.

그것은 특수한 것, 정의내릴 수 없는 것, 개념에 의해 포착되지 않는 것, 그 의미가 개념적 구조 너머에 존재하는 모든 것에서 느껴지는 즐거움이다. 바르트에 따르면 문학 텍스트는 '기표의 은하수galaxie de signifiés'로서 어떤 종류의 '기의 구조structure de signifiés'로도 환원될 수 없다. 이 점에서 문학은 음악에 가깝다. 음악 역시 개념적인 언어로 번역되지 않는 순수한 소리phoné로 이루어진 세계이기 때문이다. 바르트는 문학 텍스트에 있어서 표현 차원의 중요성을 그 누구보다도 더 강조한 사람이다. 따라서 그가 19세기 후반기에 헤겔 철학과 예술의 과학화 경향에 정면으로 반발하고 나섰던 니체를 거듭 인용하는 것은 우연한 일이 아니다. 니체가 그랬듯이, 바르트도 텍스트의 다의성을 유지하기 위해 아무런 개념 없이 텍스트에 접근해가는 길을 모색한다. 그의 관점에서는 텍스트의 다의성이야말로 끊이지 않고 샘솟는 욕망과 쾌락의 원천이었던 것이다. 그는 『살아 있는 목소리 *Le Grain de la voix*』[9](1981)에서 '소리로 된 기표가 주는 쾌감'에 대해 얘기하고 있는데, 이러한 생각은 예술의 기원을 비합리적이고 디오니소스적인 것에서 찾았던 니체를 강하게 연상시킨다.

이때 독자가 염두에 두어야 할 중요한 사실은 바르트가 말하는 '기표(시니피앙)'라는 용어가 소쉬르의 기표 개념보다 훨씬 더 폭넓은 의미를 지닌다는 점이다. 바르트에게 기표란, 단어 기호가 갖는 표현적 측면〔즉 청각적 · 시각적 상으로서의 단어. 이것이 소쉬르가 말한 기표의 의미다: 역자〕일 뿐만 아니라 음악적인 의미에서 음(音)일 수도 있고, 심지어 '이미지'라는 말이 의미하는 모든 것이 전부 기표로 간주되기도 한다. 한마디로 말해서 기표란, 개념 속에 흡수되지 않는 모든 것, 또는 데리다가 말하듯이 "텍스트로서 남아 있는 것 ce qui reste comme texte" 모두를 뜻한다고 할 수 있다. 이런 맥락에서 볼 때, 바르트가 음악뿐만 아니라 일본어와 일본의 기호 체계에 대해서도 매혹을 느꼈던 것은 놀라운 일이 아니다. 일본 방문을 계기로 씌어진 『기호의 제국 *L'Empire des signes*』(1970)은 일본에 대한 책이라기보다는, 유럽인인 바르

---

9) 바르트가 살아생전에 한 인터뷰들을 모은 책. 그가 죽은 이듬해인 1981년에 발간됐다.

트에게 개념으로부터 해방된 것처럼 들린 일본어의 소리에 대한 책, 즉 '순수한 소리의 제국'에 대한 책이다.

바르트의 『S/Z』는 발자크의 노벨레 『사라진느 *Sarasine*』에 대한 상세하고도 철저한 연구서로서, 그는 이 책에서 기표들의 다의성, 발자크 텍스트의 개방성('독해 가능성')을 보여주려고 한다.

이와 동시에 그는 텍스트의 두 가지 유형을 구분한다. 읽을 수 있는(독해 가능한 lisible) 텍스트와 쓸 수 있는 scriptible 텍스트가 그것이다. 읽을 수 있는 텍스트 — 예컨대 발자크의 『사라진느』가 이 부류에 해당된다 — 가 수용되고 해석될 수는 있지만 더 이상 '쓸 수' 있는 것은 아닌 반면, '쓸 수 있는 텍스트'란 전위주의 문학의 경우처럼 고쳐 쓰고 이어 쓰는 것이 가능한 텍스트를 뜻한다. 하지만 발자크의 텍스트를 고쳐 쓰고 이어 쓰는 것이 불가능하다고 해서, 그것이 고정된 의미를 가진 닫힌 텍스트라고 생각하는 것은 잘못이다. 『사라진느』는 다의적이고 개방적인 텍스트로서 다양한 수용 및 해석의 가능성을 허용하기 때문이다. 이때 다양한 해석 가능성은 공시의(옐름슬레우)의 차원과 약호의 차원에서 동시에 성립한다. 바르트는 발자크 노벨레의 — 이상적인 — 독자가 공시(共示)된 다양한 기의들을 다섯 가지 약호에 의거해서 해독한다고 주장한다. 그에 따르면, "텍스트의 모든 기의가 이 다섯 가지 약호를 향해 움직여간다."[10]

니체주의자 바르트는 이처럼 '고전적' 텍스트('읽을 수 있는 텍스트')조차 다양한 해석을 허용하는 '복수체(複數體)'이며("de quel pluriel il est fait"), 그렇기 때문에 골드만이나 그레마스가 얘기하는 '기의 구조'로 소급될 수 없다는 점을 입증하고 싶어한다. 또한 그는 텍스트의 잠재적 의미가 독자를 통해서 실현되는 과정을 추적하기도 한다. 바르트의 연구는 이 점에서 잉가르덴, 이저, 에코의 논의와 공통점을 나타내고 있다.

8. 해체주의
──니체와 낭만주의 사이에서

I. 낭만주의와 니체의 계승자 데리다

데리다 스스로 "철학적 해체의 일반적·이론적·체계적 전략"이라고 정의한 바 있는 해체주의를, 점증하는 언어 혼

---

10) 바르트가 말하는 다섯 가지 약호란 다음과 같다. 인과적인 줄거리 진행에 입각한 텍스트 이해와 관련되는 줄거리의 약호, 텍스트의 문답 놀이(수수께끼 놀이: 발자크의 소설에서 잠비넬라는 누구인가?)의 기초가 되는 해석학적 약호, 주요 등장인물들에게 부여된 의미론적 자질들을 엮어주는 의소적 약호, 텍스트의 다의성 및 (라캉이 말하는) 무의식의 문제와 결부되는 상징적 약호, '전래된 지식과 지혜의 보고에서 유래한 인용문들'로 구성된 문화적 약호.

란의 틈바구니 속에서 한몫 잡아보려는 자들이 만들어낸 새로운 형태의 비합리주의라고 몰아붙이는 것은 잘못이다. 데리다는 하이데거에 자주 의존하기는 하지만, 하이데거처럼 복잡하게 얽히고 꼬인 언어의 미로를 이용해서 독자를 현혹시키는 '애매모호한 철학자'는 결코 아니다. 그는 오히려 영미 분석철학자들과 마찬가지로 사고 체계의 엄밀성을 극단적으로 밀고 나감으로써 기존의 확립된 의미 기반을 허물어뜨리는 전략을 추진한다. 그러나 분석철학자들과 데리다가 추구하는 목표는 상반된다. 영미 철학자들이 분석적 명료성을 중시하면서 명백히 정의된 전문 용어를 확립하기 위해서 노력하는 데 반해서, 데리다는 고대 이래 형이상학이 줄곧 명백한 개념 체계('현존하는 의미')를 구축하기 위해 노력해왔음을 지적하면서, 이러한 개념 체계에 대한 욕망은 곧 지배하고자 하는 욕망으로부터 비롯된 것이라는 테제를 제시한다.

데리다에 따르면 플라톤과 아리스토텔레스 이래 글 écriture은 발설된 말, 즉 파롤에 종속되어왔다. 이는 서양의 형이상학적 철학 전통 속에서 '직접적으로 현존하는 의미'라는 관념이 그 무엇보다도 중시된 때문이다. 의미의 직접적인 현존을 보장해주는 것은 특정한 상황에서 발설된 명백한 말뿐이다. 반면에 전승되어 내려오는 글은 다의성을 통제할 장치가 없고, 도리어 글의 다의성은 끝없는 주석과 해석을 통해서 증폭되게 마련이다. 따라서 고대의 사상가들뿐만 아니라 데카르트, 루소에서 후설, 하이데거 등에 이르는 근·현대의 철학자들까지도 음으로 양으로 말을 중시하고 글의 중요성을 깎아내린 것은 그리 놀라운 일이 아니다. 그들은 모두 말이야말로 기표와 기의의 동일성을 보장해줄 것이라고 믿었고 이러한 말의 권위로 글을 재단했다.

반면에 데리다는——바르트와 마찬가지로——표현 차원 또는 기표의 차원에 더 큰 가치를 부여한다. 그는 1967년의 저서 『글쓰기와 차이 L'écriture et la différence』에서, 소쉬르가 개념 또는 기의라고 명명한 것이 실은 '하나의 기표를 또 다른 기표로 대체하는' 끝없는 후퇴의 과정일 뿐이지 않은가 하고 묻고 있다. 이러한 맥락에서 제기될 수 있는 두번째 문제는 다음과 같은 것이다. 만일 직접적으로 현존하는 의미라는 것이 있을 수 없고 다만 존재하는 것은 기표들 사이에서 일어나는 의미의 지연뿐이라면, 그래서 명백히 규정될 수 있는 기의라는 관념이 허상에 지나지 않는다면, 소쉬르가 제안한 기표와 기의의 대립 자체가 의심스러워지지 않겠는가? 데리다는 기표들 사이에서 일어나는 끝없는 의미 지연의 과정을 나타내기 위해 차연 différance(데리다가 연기하다와 다르다라는 이중적인 의미를 지닌 동사 'différer'에서 파생시킨 단어)이라는 신조어를 만들어낸다. 데리다는 이 신조어를 통해서 개념적 정의가 차연을 기초로 하여 이루어질 수 있으리라는 믿음이 형이상학적 환상에 지나지 않음을 암시하고 있다. 의미는 계속 지연되기만 할 뿐 결코 지금 이 순간 존재하는 법은 없는 것이다. 여기서 차연 또는 의미의 지연이라는 관념은 무슨 수수께끼도 아니고 터무니없는 과장의 산물도 아니다. 어떤 단어가 하나의 텍스트에서 여러 차례 나타나거나, 이질적인 의사 소통 상황에서 반복적으로 사용된다고 하자. 같은 단어라도 의미론적 문맥(하나의 텍스트 내에서) 또는 화용론적 컨텍스트(이질적인 의사 소통 상황 속에서)가 변화함에 따라서 번번이 다른 의미를 얻게 될 것이다. 단어 기표는 그 앞뒤에 오는 다른 기표의 영향에 민감하게 반응하기 때문이다. 그것은 다른 기표의 '흔적(데리다)'을 간직하고 있다. 따라서 반복과 의미의 동일성은 양립할 수 없는 것이다. 반복은 결국 단어의 동일성을 허물어뜨리는 무한한 의미 지연(변천)의 과정, 무한한 기표와 기표의 짝짓기 과정으로 귀결된다. 데리다는 이처럼 동일한 것의 끝없는 변화를 표현하기 위해서 반복 가능성 itérabilité이라는 개념을 사용한다. 그의 저서 『유한 책임회사 Limited Inc.』[11](1977)나 『폴 드 만을 추모하며 Mémoires pour Paul de Man』(1988)에서는 오스틴과

---

11) 데리다의 『유한 책임회사』는 설의 비판("Reiterating the Differences: A Reply to Derrida")을 반박하기 위해 쓰여진 책이다. 데리다는 설이 다른 사람들의 논거를 끌어들이면서 익명의 집단 뒤로 몸을 숨기려 한다고 비난하면서, 설 Searle을 Sarl(Société à responsabilité limitée = 유한 책임회사 Limited Inc.)로 고쳐 부른다.

설 Searl의 화행 이론이 반복 가능성의 구상에 입각해서 비판되고 있다. 오스틴과 설은 어떤 기호의 반복된 사용이 그 의미를 정착시키고 의사 소통을 손쉽게 만들어준다고 가정하지만, 데리다의 생각은 오히려 정반대다. 어떤 기호가 다양한 문맥과 의사 소통 상황에서 반복 사용되면 '반복 가능성'의 작용에 의해서 의미의 전이와 지연이 일어나고, 현존하는 의미를 포착하는 것은 불가능해진다.

데리다가 말하는 반복 가능성의 관념은 그레마스 구조 의미론의 중심 개념인 '반복성 itérativité'과도 대립된다. 그레마스의 의미론 역시 반복이나 잉여성이 단어 기호의 의미를 명백히하고 텍스트의 일관성을 강화한다는 가정에 기초를 두고 있기 때문이다. 장-피에르 리샤르는 『말라르메의 상상 세계 L'Univers imaginaire de Mallarmé』(1961)라는 저서에서 말라르메 작품의 총체적인 의미 구조(그것은 헤겔이 말하는 변증법적 총체성과 유사한 것이다)를 재구성하려고 시도하는데, 이 작업에서 핵심적인 기초를 이루는 것은 말라르메 시에 특징적으로 반복되는 일련의 어휘들('pli〔주름〕' 'vierge〔순결한, 흠 없는, 더럽혀지지 않은〕' 'blanc〔하얀, 무색의〕' 등)이다. 즉 리샤르 역시 그레마스처럼 반복성 itérativité이 총체성을 수립하는 기능을 발휘한다고 보고 있는 것이다. 따라서 데리다가 리샤르의 말라르메 해석을 강력하게 비판하고 나선 것은 놀라운 일이 아니다. 그는 『산포(散布) La Dissémination』(1972)

에서 리샤르의 헤겔적 논리중심주의를 공격하면서, 'pli' 'vierge'와 같은 어휘들이 말라르메의 작품 속에서 상이한, 심지어 모순적인 의미들을 동시에 지니고 있다는 점을 지적한다. 따라서 이들 어휘의 반복은 오히려 리샤르가 구성하려고 한 총체성을 파괴한다('반복 가능성' '흩뜨리기').

이상에서 살펴본 대로 데리다는 표현 차원에 엄청난 비중을 두면서 말년의 바르트처럼 다의적인 기표들의 상호 작용을 강조한다. 이 점에서 데리다의 철학은 반헤겔적이고 니체주의적이라고 할 수 있다. 데리다 철학의 니체주의적 경향은 수사학(비유·문채로서의 수사학)에 대한 그의 태도에서도 잘 나타나고 있다. 니체가 그랬듯이 데리다 역시 수사학을 우선시하면서, 진리를 수사학으로부터 분리시켜온 서양 형이상학의 전통에 의문을 제기한다. 그는——그리고 그의 동료 폴드 만도——진리란 '이리저리 몰려다니는 은유·환유·의인법들의 무리'일 뿐이라는 니체의 사상을 계승한다.

데리다의 해체주의는 이와 동시에 낭만주의적이기도 하다. 반합리주의적·반헤겔주의적 충동, 언어의 다의성, 혼란, 애매함에 대한 찬탄, 언어의 합리적(또는 합리화할 수 있는) 측면에 대한 무시, 이러한 특징들을 통해서 해체주의는 낭만주의적 전통에 연결된다. 프리드리히 슐레겔은 "하지만 불가해성이 그토록 부당하고 나쁘기만 한 것일까" 하고 묻고 있는데, 아마 데리다 역시 이러한 질문에 담긴 슐레겔의 생각에 전적으로 동의할 것이다. 해체주의는 물론 반지성주의 Obskurantismus의 체계적 실천이라고 할 수는 없겠지만('반복 가능성'의 테제는 '반복성'의 테제에 대한 심각하고도 의미 있는 반론이다), 어쨌든 언어의 완전한 투명성을 가정하는 합리주의자들의 선입견을 반박하기 위해서 악착같이 언어의 애매성과 불분명한 측면을 들추어내려고 하는 것만은 분명하기 때문이다.

II. 예일의 해체주의자들:
폴 드 만, 힐리스 밀러, 제프리 하트만

주로 예일 대학을 중심으로 전개된 미국 해체주의에서도 니체 철학의 의미는 각별하다. 미국의 해체주의자들은——데리다와 마찬가지로——니체 철학에 의지해서 표현 차원이 내용 차원에 비해 더 중시되어야 함을 보여주려고 시도하는가 하면, 니체와 더불어 "말이 비유에 종속되어 있음"(드 만)을 지적하기도 한다. 드 만은 여기서 한걸음 더 나아가서 니체의 형이상학 비판이 수사학으로부터 비롯된 것이라는 견해를 피력하고 있다. 다시 말해서 진리 개념이란 좀더 가까이 다가가면 다의적인 은유·환유·제유로 해체되어버리는 허상에 지나지 않는다는 사상이 니체의 형이상학 비판의 기초를 이루고 있다는 것이다. 드 만은 1971년에 출간된 저서 『맹목과 통찰 *Blindness and Insight*』에서, 현재 미국의 학문은 문학 텍스트 속에서 어떤 확고한 개념이나 구조보다는 "서로 극단적으로 모순될 수도 있는 다수의 의미들을" 발견하기 시작했다고 선언한다.

데리다가 리샤르를 비판하면서 말라르메의 텍스트에서 모순된 의미들을 읽어내듯이, 폴 드 만 역시 거듭해서 문학 텍스트가 상반된 해석을 동시에 허용한다는 점을 입증하려고 한다. 그의 중심적인 관심사는 이렇게 해서 텍스트를 해결될 길 없는 아포리아로 구성하는 데 있다. 내가 이를 구성의 가정이라고 부른 데는 모든 해석이 구성일 수밖에 없다는 일반적인 고려(전망 부분을 참조할 것) 이상의 의미가 담겨 있다. '구성'이라는 표현은, 텍스트로부터 아포리아와 모순을 읽어내는 방식이 대개의 경우 용인되기 어려운 자의적 독법에 기초한 것임을 강조하기 위해 사용된 것이다. 이를테면 그의 저서 『독서의 알레고리 *Allegories of Reading*』(1979)에 제시된 프루스트 소설의 '아포리아'가 그 좋은 예다. 드 만에 따르면 프루스트는 『잃어버린 시간을 찾아서 *A la recherche du temps perdu*』에서 '은유의 미학적 우월성'을 주장하고 있지만, 정작 그가 이 주장의 설득력을 뒷받침하기 위해 의존하는 것은 환유라고 한다. 따라서 비유에 관한 이론('메타 비유적 이론')과 비유의 실천 사이에 모순이 존재한다는 것이다. 하지만 여기서 드 만이 말하는 모순이란——주네트가 보여준 대로——프루스트에게서 환유와 은유가 서로 경계를 넘나들고 서로를 보완하는 관계에 있다는 점을 무시한 덕택으로 얻어진 가짜 모순에 지나지 낳는다. 드 만의 프루스트 해석에서 볼 수 있는 것과 같은 수상쩍은 논증 방식은 조지 엘리엇의 소설 『애덤 비드 *Adam Bede*』에 대한 힐리스 밀러의 논의(『독서의 윤리 *Ethics of Reading*』, 1987)에서도 발견된다. 힐리스 밀러에 따르면 엘리엇은 소설 17장에서 명시적으로는 현실의 사실주의적 재현('정확한 재현으로서의 사실주의 realism as exact representation')을 위해 노력한다고 하면서도 사실주의적 서술에 있어서 수사적 비유('비유적 언어')가 갖는 중요성을—거의 의도하지 않은 채로—강조한다. 이로써 엘리엇의 사실주의 개념은 자가당착에 빠지게 된다는 것이 힐리스 밀러의 결론이다. 하지만 이 지점에서 제기되는 의문은 과연 사실주의와 비유(환유·은유)가 양립할 수 없는 상반된 개념이냐 하는 것이다. 만일 그렇다고 한다면 '자기장' '저항' '전력'과 같은 표현을 가지고 물리적 현실을 묘사할 수 있다는 자연과학자의 믿음도 자가당착에 지나지 않을 것이다.

　현재 논의의 맥락에서 좀더 흥미로운 것은 예일 대학의 또다른 해체주의자 제프리 하트만의 입장이다. 하트만의 주된 관심사는 텍스트에서 아포리아를 찾아내려는 것이 아니다. 그는 작가와 비평가, 문학과 문예학(비평)의 대립을 해체하려는 낭만주의적·니체주의적 전통을 계승하고 있다. 하트만에게 해체의 모델을 제공하는 것은 문학·철학·에세이가 서로의 경계를 넘나드는 데리다의 텍스트 『조종(弔鐘)Glas』(1974)이다. 하트만은 이러한 탈경계적 텍스트가 분화된 특수한 사유 체계들 사이의 벽을 허물어줄 것이라고 기대한다. 그것은―낭만주의들이 생각하는 예술과 비슷하게―노동 분업의 경향에 맞서서 인간을 서로서로 이어주는 보편 텍스트라고 할 수 있을 것이다. 벤야민이 자신의 박사학위 논문에서 낭만주의 예술 개념에 대해 논하면서 말했듯이, 비평가 역시 '확장된 작가'가 되어야 한다. 즉 비평가의 성찰 역시 예술 작품 속의 일부가 되어야 한다는 것이다.

지금까지의 고찰은, 해체주의가 흔히 생각되는 것처럼 기존의 모든 전통에 도전하는 근본적으로 새로운 조류라기보다는, 낭만주의와 니체주의의 중심적인 전제들을 계승한 예술 및 언어 이론이라는 점을 분명히 보여준다. 해체주의자들의 새로움은 다만 그들이 이러한 낭만주의적·니체주의적 전제의 의미를 극단화시켰다는 데서 찾아볼 수 있을 것이다.

9. 대화로서의 비판적 문학 이론
―전망

이 책에서 언급된 모든 문학 이론들은―그 방식에 있어서는 차이가 있겠지만―현대 미학의 핵심적인 딜레마와 대결하고 있다. 그 딜레마란 "예술이 무엇을 말하는 동시에 그것에 대해 침묵한다는 것"(아도르노)이고, 표현 차원과 내용 차원은 각기 특수한 법칙을 따르는 자율적인 영역을 이루고 있어서, 양자를 동질적인 하나의 단위로 취급할 수 없다는 것이다. 이러한 딜레마가 철학적인 차원에서 갖는 의미는 다음과 같이 요약해볼 수 있겠다. 헤겔주의, 칸트주의, 니체주의, 예술의 개념성 또는 무개념성과 같은 관념들 속에는 모두 미학적 진리의 계기가 담겨 있는 까닭에, 이러한 상황에서 필요한 것은 그러한 관념을 기계적으로 분리시키기보다는 대화적이고도 변증법적인 방식으로 연관짓는 작업이다.

문학에 관한 대화적이고도 변증법적인 이론이 성립하는 데 요구되는 제1조건은 이데올로기적 술화의 이원론(이분법) · 자연주의(반성의 부재) · 독백주의에 맞서는 이데올로기 비판적 입장이다. 한마디로 말해서 대화적 · 변증법적 이론은 이데올로기적 술화 특유의 전략을 무력화시키는 데서 출발해야 한다는 것이다. 그렇다면 이데올로기와 그것이 동원하는 술화적 전략은 어떻게 정의될 수 있을까? 이데올로기란 의미론적 이분법과 이에 상응하는 서술 구도(선/악[의미론적 이분법], 주인공/악한[서술 구도])에 의해 지배되는 특수한(부분적인) 술화 체계로서, 이는 특정한 집단어와 동일시될 수 있다. 이데올로기의 진술 주체는 자신이 사용하는 의미론적 · 통사론적 처리 방식에 대해 반성하거나 이를 공개적인 대화의 대상으로 만들 능력도 의사도 없다. 이데올로기의 진술 주체는 그 대신 자신의 술화를 유일하게 가능한 것(참된 것, 자연스러운 것)으로 내세우면서, 이 술화와 그것에 의해 지시되는 실제적 또는 잠재적인 현실 전체를 동일시한다.

　문예학의 영역에서 이데올로기적 이분법은 다음과 같은 형태로 나타난다. 특정한 예술 작품이 '반동적'이지 않으면 '혁명적'이라는 식으로 규정되는 경우(루카치, 브레히트), 문학이 개념적 사유로 환원되든가(루카치, 골드만), 무한정한 다의성을 지닌 "기표들의 은하수"(바르트)라고 주장되는 경우. 술화의 자연주의란, 진술 주체가—그가 마르크스주의자든, 정신분석학자든, 기호학자든간에—자기가 사용하는 언어와 용어를 주어진 유일한 가능성으로 생각하면서 경쟁하는 다른 해석이나 수용 방식을 무시하거나 아예 이해하지조차 않으려는 경우를 가리킨다. 이러한 주체는 동시에 독백주의의 함정에 빠지게 된다. 왜냐하면 그는 자신의 술화를 현실, 대상과 동일시함으로써(아도르노, 호르크하이머가 말한 '동일성 사고') 다른 이론적 술화와의 대화 가능성을 처음부터 배제해버리기 때문이다. 예컨대 루카치에게 토마스 만은 '비판적 사실주의자,' 카프카는 '데카당스'의 대변자일 수 있을 뿐이다. 이러한 생각에 대항하는 다른 해석은 '부르주아적'이거나 심지어는 '반동적'인 것으로 낙인찍히게 마련이다.

이론의 주체는 이데올로기의 주체와는 반대로 이데올로기적 언어의 이원론에 변증법적인 태도로 의문을 제기한다. 그는 자신의 사회적·언어적 입장과 의미론적·통사론적 처리 방식에 대해 반성하고 더 나아가서 이러한 처리 방식이 우연적인 성격을 띠고 있음을 인정하면서, 이를 개방적인 대화의 대상으로 삼는다. 그는 또한 대화적인 객관화와 자신에 대한 거리 유지를 통해서 자기 입장의 특수성을 극복하려고 노력한다.

이론적 술화에 대한 이 같은 일반적 정의를 다시 문예학의 문제에 적용한다면, 우리는 다음과 같은 결론에 도달할 수 있을 것이다. 이론은 문학 텍스트가 명백한 의미를 지닌 개념 구조로 환원될 수도, 그렇다고 무슨 해석이든 다 허용하는 다의적인 '기호의 은하수'로 간주될 수도 없는 양가적인 대상임을 인정해야 한다. 이 이론은 아도르노와 호르크하이머의 비판 이론에 담긴 문제 의식(예술의 비개념성과 예술의 진리 내용)을 진지하게 받아들이면서 표현 차원과 내용 차원 모두 그 나름의 고유한 법칙성을 따르고 있음을 인정한다. 이 같은 통찰을 수용한 이론은 칸트의 불가지론과 헤겔의 개념주의 사이에서 동요하게 된다. 즉 다의성과 진리 내용 사이의 긴장을 끝까지 견디어내는 것이 이 이론의 과제가 되는 것이다. 이러한 과제는 이론이 한편으로 해소할 수 없는 양가성과 모순을 무시해버리지 않으면서도 다른 한편으로는 음운론·의미론·통사론의 차원에서 모두가 동의할 수 있는 텍스트의 불변 요소를 찾아내려고 노력할 때 비로소 달성될 수 있다. 이때 반드시 고려되어야 할 것은 이론적인 합의를 통해 인정된 텍스트의 불변 요소들 대부분이 언제나 새로운 해석 가능성을 향해 열려 있다는 사실이다. 예를 들어서 말라르메의 작품에서 'rien' 'vierge' 'blanc'과 같은 결여적(缺如的) 어휘들(아무것도 없는, 흠 없는, 색깔이 없는)이 중요한 의미를 지닌다는 문예학적 합의가 이들 어휘의 다의성과 해석 가능성을 배제하지는 않는다는 것이다.

비판적인 문학 이론은 아도르노의 '병렬체'나 데리다의 '해체주의'를 이데올로기에 대한 이론적 대안으로 보지 않는다. 비판적 이론이 추구하는 것은 이론의 개념성을 포기하거나 해체하는 것이 아니라 이질적인 이론적 입장들 사이에 대화적 관계를 수립하는 것이다. 이론가는 자기 자신이 취하는 사회적·언어적 입장이 우연적인 것임을 의식하고 자신의 텍스트 분석이 '옳'거나 '당연한' 것이 아니라 하나의 가능한 대상 구성임을 인정함으로써, 이러한 목표를 향해 접근할 수 있다. 그럴 때에만 나의 대상 구성과 타인의 대상 구성 사이의 대화적 비교가 가능해질 것이기 때문이다. 다시 말라르메의 예를 가지고 생각해보면, 말라르메 텍스트의 불변 요소라고 할 수 있는 결여적 특징은 기호학(라스티에 Rastier), 현상학(풀레 Poulet), 정신분석학(모롱 Mauron) 등의 다양한 이론에 의해 재구성될 수 있다. 이데올로기적인 단순화를 피하면서 대상을 다층적으로 조명하는 작업은 이러한 다양한 이론적 재구성 사이의 대화를 통해서 가능해질 것이다.

참고 문헌*

가다머, H.-G., 『진리와 방법』 4판, 튀빙엔, 1975.

골드만, L., 『숨은 신』, 파리, 1959(송기형/정과리 역, 서울: 연구사, 부분역).

나우만, M. 외, 『사회, 문학, 독서: 이론적인 시각에서 본 문학의 수용』, 베를린/바이마르, 1973.

데리다, J., 『산포』, 파리, 1972.

――――, 『글쓰기와 차이』, 1967.

――――, 『시간주기 1. 위조 화폐』, 파리, 1991.

드 만, P., 『독서의 알레고리. 루소, 니체, 릴케, 프루스트의 비유적 언어』, 뉴 헤븐/런던, 1979.

――――, 『맹목과 통찰: 현대 비평의 수사학에 대하여』, 뉴욕,

---

* 저자가 작성한 목록 가운데 한국어로 번역된 것은 번역판을 기재하였다. 물론 번역판에 대한 조사가 완전하지 못한 관계로 번역판이 있으나 원전만 기재된 사례가 있을 것이다.

1971.

랜섬, J. C., 『신비평』, 노포크/코네티컷, 1941.

루카치, G., 『미학』, 전 4권, 노이비트/베를린, 1972.

무카르조프스키, J., 『미학 연구』, 프라하, 1966.

밀러, J. H., 『독서의 윤리』, 뉴욕, 1987.

바르트, R., 『*S/Z*』, 파리, 1970.

———, 『기호학적 모험』, 파리, 1985.

———, 『글쓰기의 영도』, 파리, 1953.

바흐친, M. M., 이득재 역, 『바흐친의 소설 미학. 바흐친 비평 선
　　　　집』, 서울: 열린 책들, 1988.

———, 전승희 외 역, 『장편소설과 민중 언어』, 서울: 창작과비
　　　　평사, 1988.

———, 이득재 역, 『문예학의 형식적 방법』, 서울: 문예출판사,
　　　　1992.

벤야민, W., 「복제 기술 시대의 예술 작품」, 반성완 편역, 『발터
　　　　벤야민의 문예 이론』, 서울: 민음사, 1990.

———, 「보들레르의 몇 가지 모티프에 대하여」, 반성완 편역,
　　　　『발터 벤야민의 문예 이론』, 서울: 민음사, 1990.

브룩스, C., 『잘 빚은 항아리. 시 구조의 연구』, 샌디에이고, 뉴욕/
　　　　런던, 1949.

슈트리터, J., 『러시아 형식주의』, 전 2권, 뮌헨, 1969.

아도르노, Th. W., 홍승용 역, 『미학 이론』, 서울: 문학과지성사,

1984.

──, 『문학에 관한 단상』, 총 4권, 프랑크푸르트, 1958~1974(김주연 역, 『아도르노의 문학 이론』, 민음사, 부분역).

야우스, H. R., 『도전으로서의 문학사』, 서울: 문학과지성사, 1983.

──, 『미적 경험과 문학 해석학』, 프랑크푸르트, 1982.

에코, U., 『열린 예술 작품』, 밀라노, 1962.

──, 서우석 역, 『기호학 이론』, 서울: 문학과지성사, 1985.

──, 김광한 역, 『해석의 한계』, 서울: 열린 책들.

웰렉, R./워렌, A., 이경수 역, 『문학의 이론』, 서울: 문예출판사.

이저, W., 이유선 역, 『독서 행위론』, 서울: 신원문화사.

──, 『허구적인 것과 상상적인 것』, 프랑크푸르트, 1991.

잉가르덴, R., 『문학 예술 작품의 인식에 관하여』, 튀빙엔, 1968.

──, 이동승 역, 『문학 예술 작품』, 서울: 민음사.

지마, P. V., 『문예 미학』, 서울: 을유문화사, 1991.

──, 『해체론. 소개와 비판』, 튀빙엔, 1994.

칸트, I., 『판단력 비판』, 저작집 10권, 프랑크푸르트, 1968~1991.

톰슨, E., 『러시아 형식주의와 영미 신비평』, 헤이그, 1971.

퓌겐, H. N., 『문학사회학의 주요 흐름』, 본, 1964.

하트만, G. H., 『광야에 선 비평. 오늘의 문학 연구』, 뉴 헤븐/런던, 1980.

한젠-뢰베, A., 『러시아 형식주의』, 빈, 1978.

헤겔, G. W. F., 『미학 강의』(전 3권), 프랑크푸르트, 1970(두행숙
　　　　역, 『헤겔 미학 I ~ III』, 서울: 나남, 1996).

흐바틱, K., 『체코슬로바키아 구조주의. 이론과 역사』, 뮌헨, 1981.

문학사회학을 넘어서
──텍스트사회학적 방법과 분석의 실제

1. 서론

여기서 논의되는 문학사회학은 독자, 출판 제도, 도서 시장 등과 같은 문학적 의사 소통의 체계보다는 문학 텍스트의 구조를 본격적인 연구 대상으로 삼는다. 이렇게 연구 대상을 설정하는 것은 결코 가치 중립적이지 않다. 그것은 텍스트 생산의 문제를 사회학적 연구 영역으로부터 추방하려고 한 과거의 다양한 흐름(작품 내재적 문예학에서 최근의 경험적 문학사회학에 이르기까지)에 대해 반대되는 입장이다.

한때 문학사회학자들 사이에서(특히 영미 계통의 학자들 사이에서) '내용 분석'이라는 것이 성행한 적이 있다. 내용 분석의 특징은 허구적인 문학 텍스트를 특정한 사회문화적 상황에 대한 기록 문서로 간주한다는 데 있다. 내용 분석을 바탕으로 한 연구들이 아주 무의미한 것이라고 할 수는 없을 것이다. 그 속에는 사회에 대한 진전된 이해가 담겨 있을 수도 있다. 그러나 작가의 글쓰기 방식에 관한 한, 내용 분석은 아무것도 말해주지 못한다. 작가의 서술 기법이나 텍스트의 의미론적 구성이 내용 분석에서는 전혀 고려되지 않는다.

그런데 이러한 차원을 무시하는 것은 비단 내용 분석과 같은 경험적 방법(여기서 텍스트 구조에 대한 연구는 전적으로 문헌학자의 과제로 남겨진다)뿐만이 아니다. 문학 작품들의 이데올로기적(또는 이데올로기 비판적) 성향을 규정하려고 하는 마르크스주의 문예학자들 역시 문제되는 이데올로기의 언어적 구성(의미론적 · 통사론적 · 어휘론적 구성)을 도외시한다는 점에서 경험주의적 분석가들과 비슷한 약점을 보이고 있다.

상당수의 작가들이 문학사회학 일반에 대해 (경험적 문학사회학이냐 변증법적 문학사회학이냐를 불문하고) 회의적인 입장을 취하고 있는 것은 부분적으로 이러한 취약점 때문일 것이다. 작가들은 문학사회학이 텍스트를 역사적 기록 문서나 철학적 개념으로 환원시키면서 정작 작가적 노력이 가장 집중되고 있는 차원, 즉 언어의 차원은 완전히 도외시해버린다고 불만을 토로한다.

뤼시엥 골드만의 누보 로망론에 대해 알랭 로브-그리예가 보인 반응은 이에 대한 좋은 실례다. 로브-그리예의 다음 진술은 문학사회학이 소설의 세계를(그리고 특히 소설가의 글쓰기 식을) 정치경제학이나 이데올로기 비판 등의 이론에서 유래한 몇몇 개념으로 환원시켜버릴 때 소설가가 느끼게 되는 허탈감을 잘 표현해주고 있다. "언젠가 골드만이 『질투』에 대해 얘기하면서 내게 이렇게 말하더군요. '그건 사물화요.' 나는 이 말을 듣고, 루카치의 테제가 『질투』보다 훨씬 명료하게 사물화의 문제를 표현해주고 있는 마당에 나는 무얼 하자고 이 소설을 또 썼단 말인가 자문했습니다. 물론 사회적인 제반 상황이 『질투』 속에 사물화에 대한 묘사가 나타나도록 만들었는지는 모르겠습니다. 하지만 단순히 이러이러한 사물화를 묘사해보고 싶다는 소망이 나로 하여금 글을 쓰게 만든 것은 아닙니다"(로브-그리예, 1972: 179).

골드만의 소설사회학에 대한 로브-그리예의 진술은 작가들의 입장을 잘 대변해주고 있는 것처럼 보인다. 수년 동안 언어의 문제, 서술 기법의 문제와 씨름한 끝에 발표한 작품이 사회학자나 정신분석학자에 의해 사물화나 외디푸스 콤플렉스 같은 몇몇 추상적인 개념으로 재단되어버릴 때, 작가들은 로브-그리예 같은 의문을 품지 않을 수 없을 것이다. 무엇 때문에 내가 그 많은 공을 들였단 말인가?

그러나 이러한 작가들의 입장을 문학 생산의 사회적 기원에 대해 무관심한 '형식주의'라고 간주할 수는 없다. 오히려 누보 로망의 작가들이야말로 글쓰기가 지니는 사회적 측면에 상당한 관심을 기울이고 있기 때문이다(사르트르, 모라비아, 무질 등의 경우도 마찬가지다). 리카르두와 로브-그리예에게 글쓰기는 이데올로기 비판적 활동을 의미한다. '참여 문학'을 주창한 사르트르는 플로베르와 말라르메가 시도한 '언어를 통한 참여(그리고 좌절)'에 주목한다. 무질은 텔켈 그룹이 등장하기 훨씬 전에 이미 이야기 구조의 이데올로기적 성격을 간파한 바 있다.

나는 이 글에서 문학사회학이 텍스트사회학으로 발전되어야 한다는 주장을 개진하려고 하는데, 그것은 무엇보다도 이같은 이론과 문학 창작 사이의 괴리 상태가 극복되어야 한다는 생각에서다. 텍스트사회학의 입장에 따르면, 문학은 무엇보다도 의미론적·(거시)통사론적 구조들이 상호 작용하는 장이다.

그런데 텍스트사회학이라는 명칭은 다음과 같은 의문을 불러일으킬지도 모른다. 텍스트사회학은 전통적인 문학사회학에서 다루지 않은 비허구적인 텍스트들까지 대상으로 하는 이론인가? 텍스트사회학은 그렇게 함으로써 문학사회학보다 더 포괄적인 이론이 되려고 하는가? 이는 텍스트사회학의 중요한 측면들을 본격적으로 살펴보기 전에 꼭 생각해보고 넘어가야 할 문제이다. 대답은 긍정인 동시에 부정이다. 텍스트사회학은 정치 텍스트, 문학 텍스트, 언론 텍스트, 법률 텍스트, 종교 텍스트, 교육용 텍스트 등을 차례차례 사회적 맥락 속에서 분석하는 경험과학이 아니다. 이런 의미에서 위의 질문에 대한 답은 '아니오'다. 설사 텍스트사회학이 모든 분야의 텍스트를 망라하는 엄청난 계획을 추구한다고 하더라도 이러한 작업을 통해서 하나의 텍스트 유형학이 체계화될 전망은 거의 없다. 체계적인 텍스트 유형학을 구축하려는 최초의 시도가 찰스 모리스(1971)에 의해 이루어진 바 있기는 하지만, 그러한 유형학은 현대 기호학에 골칫거리만 안겨주었을 뿐이다(그레마스, 1970).

텍스트사회학의 주안점은 문학 텍스트(허구 텍스트)이다. 그 이유에 대해서는 앞으로 좀더 상세히 설명될 것이다. 하지만 텍스트사회학은 언어 구조를 매개로 문학 텍스트와 사회적 맥락을 결부시킨다. 이런 의미에서 텍스트사회학이 비허구적 텍스트까지 대상으로 하는가 하는 질문은 긍정적으로 답변될 수 있을 것이다. 텍스트사회학이 고수하는 것은 다음과 같은 러시아 형식주의의 원칙이다. "문학 외부의 삶은 무엇보다도 언어를 매개로 해서 문학과 연계되어 있다"(티냐노프, 1969: 453).

텍스트사회학이 이러한 원칙에 입각하고 있다는 말의 의미는 구체적으로 다음과 같다. 텍스트사회학적 분석은 '반영'(마셰리)이나 '상동성'(골드만)과 같은 개념을 포기하는 한편, 극작품이나 소설 등의 문학 텍스트가 비허구적인 텍스트(여기에는 글뿐만 아니라 구어까지 포함된다)를 가공하고 있다는 가정에서 출발한다. 텍스트사회학에서 문학 텍스트는 비허구 텍스트들에 대한 반응으로 간주된다(이 글 3절 Ⅲ항 참조). '텍스트'와 '사회학'이라는 두 개념의 결합이 말해주듯이, 텍스트사회학은 사회를 다양한 텍스트들에 의해 이루어진 모순적인 총체로 파악한다. 사회는 이런 의미에서 특정한 문학 생산 활동의 모체를 이룬다.

그렇다면 텍스트사회학에서 허구 텍스트들이 특별한 지위를 누리는 것은 어떤 이유에서일까. 이 물음의 답은 문학(시) 텍스트의 보편성에 대한 외제니오 코제뤼의 명제로 대신될 수 있다. "문학 텍스트는 텍스트언어학의 모델로 간주되어야 한다. 문학 텍스트는 기능적으로 가장 풍부한 양상을 나타내는 텍스트이기 때문이다"(코제뤼, 1971: 185).

코제뤼의 명제는 특히 소설에 대해 타당성을 지닌다. 이 글에서 소설이 중심적으로 다루어지는 것도 이러한 이유에서다. 코제뤼가 이러한 주장을 세우기 훨씬 전에 이미 미하일 바흐친은 소설이 다양한 담화들로 이루어져 있다는 점을 지적한 바 있다. 그에 따르면 소설이라는 장르 속에서 서로 경쟁하는 다양한 형식의 언어들이 가공되고 상대화된다. "소설이란 다양한 담화들, 다양한 언어와 개인의 목소리들이 예술적으로 조직된 공간이다." 바흐친은 '언어들간의 사회적 대화'에 관해 이야기한다. "여러 언어와 문체들을 한 차원 높은 통일성으로 이끄는 이 같은 구성 방식은 전통적 문체론에 생소한 것이다. 전통적 문체론을 가지고 소설 속에서 일어나는 언어들간의 특수한 사회적 대화를 탐구하는 것은 불가능하다"(1979: 137). 바흐친은 소설에서 "언어 의식이 상대화된다"(212)는 점을 지적하기도 한다. 이는 소설의 다성성(폴리포니)이 이데올로기 비판적이라는 점을 분명히해준다. 모든 언어를 상대화시키는 소설의 다성성을 통해서 우리는 우리가 사용하는 언어에 대해, 그리고 더 나아가서 우리의 언어와 다른 언어들 사이의 관계에 대해 반성하게 된다.

소설의 다성성에 대한 텍스트사회학적 논의는 문학을 이데올로기 비판적 관점에서 고찰한다는 것 이상의 의미를 가지고 있다. 텍스트사회학은 여기서 한걸음 더 나아가 이론(문예학·사회학)적인 메타텍스트에 대한 이데올로기 비판적 분석을 시도한다. 메타텍스트의 비판적 분석은 어느 한 가지 이론('대상에 대한 한 가지 언어')이 절대화되는 경향에 대항하는데, 이러한 작업을 수행하는 데 필수적인 것은 텍스트사회학의 두번째 본질적 구성 요소인 화술 비판(述話批判)이다.

나는 『텍스트사회학』(1980a)에서, 텍스트사회학이라는 이론적 프로그램이 이상의 두 가지 측면에서 기존의 문학사회학과 구별된다는 점을 지적한 바 있다. "변증법적 문학사회학에는 허구 텍스트 및 이론적 메타텍스트를 사회역사적·사회언어학적 맥락 속에서 기술하고 비판할 수 있는 비판적 텍스트 이론이 빠져 있다"(지마, 1980a: 2).

앞으로 본문에서는 지금까지 제기된 논점을 바탕으로 다음과 같은 문제들을 차례차례 다루어갈 것이다. 첫째로 논의될 것은 문학사회학에서 사용되고 있는 중요한 사회학 개념들이다. 나는 여기서 사회학과 문학사회학 사이의 연관 관계를 규명하고 독자들에게 이 분과 학문의 용어와 그 적용 양상에 대한 개관을 제공함과 아울러, 기존 이론들과의 비판적 대결을 통해서 텍스트사회학으로 가는 길을 열어보일 것이다. 두번째 부분에서는 텍스트사회학의 개요가 제시된다. 여기서 독자는 텍스트사회학이 비판 이론을 비롯한 변증법 철학과 많은 공통점을 가지고 있으며 아도르노의 언어 비판과 바흐친의 언어철학이 텍스트사회학의 중요한 배경을 이루고 있다는 사실을 알게 될 것이다.

막스 베버의 가치 판단 배제의 원칙을 출발점으로 하는 경험적 문학사회학이 미적 판단을 보류한 채 대상을 가치 중립적으로 다루려 하는 데 반해, 텍스트사회학은——텍스트사회학의 선행 이론들이 그랬듯이——이데올로기 비판적 가치를 지닌 특정한 부류의 문학에 그 지향점을 두고 있다. 나는 과거에 이 문제에 대해 논의한 바 있으며, 앞으로도 더욱 심도 있는 연구를 진행시킬 것이다(지마, 1980b 참조).

이 글에서 나는 텍스트사회학을 하나의 이론적 입장으로 소개하는 데 그치지 않고, 이 이론이 실제 문학 작품에 적용될 때 어떤 결과가 도출되는지도 보여주려고 한다. 이를 위해서 이론의 개요에 이어 알베르 카뮈의 『이방인』(1942)에 대한 모델 분석이 제시된다.

나는 『이방인』을 1차 세계 대전과 2차 세계 대전 사이의 사회언어학적 상황을 배경으로 기술하고 설명하려 한다. 그 같은 관점에 따를 때, 카뮈의 소설은 당시 지배적이던 기독교 휴머니즘의 사회어에 대한 텍스트간 반응으로 나타날 것이다. 이러한 분석의 관건은 변증법적 문학사회학의 몇몇 주요 개념들(예를 들면 교환가치, 사물화, 이데올로기)을 언어 구조로 파악할 수 있느냐 하는 문제다. 이 문제는 텍스트사회학에 있어서 절대적인 중요성을 지니고 있다. 나는 마지막으로 텍스트사회학의 관점에서 생산과 수용의 관계를 아주 간략하게 논의할 것이다. 여기서도 역시 카뮈의 작품이 논의의 토대가 된다.

2. 문학사회학의 주요 개념들
—— 비판

문학사회학의 상황을 일별해볼 때, 사회학의 기본 개념들을 문예학적 분석에 적용하려는 시도는 주로 경험적 문학사회학에 의해서 이루어지고 있는 것처럼 보인다. 변증법적 방법들은 오히려 '사실주의' '반영' '총체성' '가상'과 같은 미학적 개념에 의존하고 있어서, 분과 학문으로서의 사회학과는 동떨어진 이론으로 여겨지기 일쑤다(이를테면 한스 노베르트 퓌겐 같은 사람이 이러한 관점을 대변하고 있다).

그런 만큼, 분업의 원리에 거역하면서 미학적 범주와 사회학적 범주를 결부시키려는 아도르노와 골드만의 시도는 더욱 돋보인다. 이들의 시도는 사회학적 차원을 약화시키기보다는, 오히려 미학과 사회학의 방법론적 종합으로 귀결된다. 그러한 종합을 통해서 문학 텍스트 자체와 텍스트 외적인 요인을 함께 다루는 것이 가능해진다. 반면에 경험적 방법론처럼 미학과 문예학의 차원을 의도적으로 배제할 경우, 텍스트와 컨텍스트 관계는 미궁에 빠진다.

다음에서는 지금까지 문학사회학에 적용된 사회학 개념들 가운데 각별한 방법론적 의미를 지니는 주요 개념들만이 논의될 것이다. 사회학 개념의 적용에 대한 비판적 논의는 텍스트사회학의 대상을 어떻게 규정하느냐 하는 문제와 직접적인 관련이 있다.

I. 사회 체제와 제도

시민적 민족 국가가 성립한 이래, 홉스에서 헤겔에 이르기까지 많은 철학자들이 국가적으로 관리되는 사회를 통합된 전체, 즉 하나의 시스템으로 파악하려고 시도했다. 파슨스는 이 사상을 현대 사회학에 수용해서 사회 시스템에 대한 방대한 이론을 구축했다. 파슨스에 따르면 사회 시스템은 다양한 하위 시스템, 제도, 기능의 총화라고 할 수 있다.

파슨스의 가장 중요한 저작인 『사회 시스템』(1951)에서는,

한 사회의 하위 시스템을 이루는 다양한 제도들간의 상호 간섭 현상이 논의되고 있다. 이 경우 개인은 자신이 소속된 상이한 제도들(가정·학교·정치 정당 등)로부터 모순되는 역할을 부여받게 된다.

파슨스의 이론에서 이러한 모순이 초래하는 갈등은 대체로 개인적인 차원의 문제이기 때문에(그는 가정에 대한 의무와 직업 윤리 사이에서 갈등을 겪는 의사 등의 예를 제시한다), 사회 체제 전체를 내부로부터 변화시킬 수 있는 요인이 될 수는 없다. 따라서 파슨스의 기능주의 사회학이 사회 변화(예컨대 혁명)를 내재적으로(즉 그 사회가 배태한 집단간 갈등과 연관지어) 설명할 능력이 없다는 수많은 마르크스주의자들의 비판은 일리가 있다.

시스템 이론에 역사성을 부여하려는 시도는 비교적 최근에 와서야 이루어졌다. 예컨대 니클라스 루만과 같은 사회학자는 어떤 압력에 의해서 시스템과 하위 시스템들이 변화하는지를 기술하려고 시도한다. 루만의 저서『목적 개념과 시스템 합리성』(1973)의 중심적인 주제는 "복합적인 시스템들이 환경의 변화에 적응해가는 과정"(294)으로서, 여기서 제시된 논의는 문학의 장르 시스템을 사회 시스템 전반의 역사적 변화와 연관지어 설명하려는 문학사회학적 연구의 출발점이 되었다. 에리히 쾰러는 중요한 논문「장르 시스템과 사회 시스템」(1977)에서 문학 시스템을 비롯한 모든 하위 시스템이 적응 압력에 직면하고 있다는 루만의 사상을 받아들인다. 문학 시스템은 몰락하지 않기 위해서 포괄적인 시스템 속에서 진행되는 현실의 변화에 어떤 식으로든 반응하지 않으면 안 된다. 이 반응은 기능적인 성격의 것이다. 문학 시스템은 새로운 상황의 요구에 따라 지금까지 수행하지 않던 새로운 기능을 떠맡거나, 기존의 기능을 변형, 또는 폐기할 수 있다.

여기서 퀼러가 강조하고자 하는 바는 무엇보다도 문학 시스템과 사회 시스템의 관계가 단순히 '현실' 모사(예컨대 역사적 사건의 묘사)라는 개념으로 파악되지 않는다는 점이다. 문학 시스템은 사회의 구조 변동에 대해 기능적으로 반응한다. 즉 새로운 상황 속에서 기능을 상실한 낡은 장르들은 변형, 폐기되고 새로운 집단의 이해 관계나 관심을 표현하는 새로운 장르들이 생성된다(퀼러, 1978).

예컨대 퀼러에 의하면, 17·18세기 프랑스 시민 계급의 발흥에 따라 소설이 문학 정전으로 부상한 반면 귀족의 관심과 기능적으로 관련되어 있던 서사시와 비극의 기반은 서서히 허물어져간다. 귀족이 지배권을 상실한 사회에서 봉건적 서사시가 '시스템에 지배적인 요인'으로 남아 있을 수는 없는 노릇이다. "실제로 시스템은 더 진전된 발전 단계에서 자기 지위를 유지하기 위해서, 새로운 기능을 담당할 수 없는 모든 장르와 하위 장르들을 희생시킨다." 한 계급의 "영웅적 실존"을 찬양하는 장르는, "그 계급이 사회적인 특권만을 누리는 기생적이고 무능한 존재임이 명백해진" 상황에서 서서히 그 기능을 상실해가게 된다(퀼러, 1977: 14).

퀼러의 때아닌 죽음 때문에 더 이상 진전을 보지는 못했지만, 이 같은 장르의 문학사회학은 (뒤에서 밝혀지는 것처럼) 하부 구조/상부 구조 관계에 대해 기존의 이론들보다 더 정확한 기술(記述)을 가능케 한다는 점에서 생산적인 구상이라고 할 수 있다. 특히 봉건 신분 사회에서 근대 계급 사회로의 이행기 문학을 연구하는 문학사회학자에게 퀼러의 연구는 앞으로도 중요한 의미를 지닐 것이다. 이와 유사한 방향의 연구는 퀼러 이전에 이미 게오르크 루카치에게서도 찾아볼 수 있는데, 그는 보카치오의 노벨레 형식에 대한 섬세한 연구를 통해서 초기 르네상스기의 노벨레 구조가 신분 의식과 긴밀히 연관되어 있다는 점을 밝힌 바 있다. 그에 따르면, 보카치오와 같은 작가는 봉건적 신분 질서의 테두리 내에 그 지위가 비교적 뚜렷이 규정되어 있는 '인물 유형들'을 당대 '사회 현실' 속에서 발견할 수 있었다. 그러나 신분 질서의 붕괴와 함께, 전형적이고 본질적인 것을 현실에서 허구로 직접 옮겨놓는 것은 불가능해진다. 노벨레는 시민 사회 속에서 살아남기 위해서 그 형식을 근본적으로 개조하고 새로운 기능을 수용하지 않을 수 없었다. "괴테와 티크는 기이한 사건에 초점을 맞춘 노벨레 선집을 계획했는데, 이는 노벨레 형식의 붕괴를 막으려는 예술적 의도에서였다"(루카치, 1967a: 55).

만약 루카치가 퀼러처럼 장르 시스템과 사회 시스템의 관계를 논의의 출발점으로 삼았다면 노벨레 형식의 사회적 기능 변화를 (변증법적인 의미에서) 훨씬 더 구체적으로 서술할 수 있었을 것이다. 그랬다면 그는 허구 세계를 직접 사회 현실과 연관시키기보다는, 변동하는 장르 시스템 속에서 노벨레가 발휘하는 기능을 탐구할 수 있었을 것이다. 즉 근대 시민 사회의 문학 정전에서 노벨레라는 장르가 다른 장르들과 비교해서 어떤 새로운 기능들을 담당하게 되는지가 그의 연구를 통해서 밝혀졌을 것이다(퀼러, 1978: 140 참조).

퀼러의 구상은 특히 문학사에 중요한 의미를 지니고 있지만, 현대 문학(전위적 문학)의 발전 경향을 기술하고 설명하는 데는 부적절한 것처럼 보인다. 현대 문학에서는 정전으로 확립된 모든 장르들이 그 기반을 상실하며, 이에 따라 일부 장르들을 특정한 사회 집단이나 그 집단의 관심에 결부시키는 것은 거의 불가능해진다. 오늘날 드라마 · 시 · 소설 · 르포르타주 등과 같은 장르에 각각 명확히 경계지어진 상이한 사회 집단이 귀속된다고 할 수는 없을 것이다. 이들 장르는 모두 매우 이질적인 하나의 독자 집단 전체를 상대로 씌어진다. 이 같은 독자 집단 앞에서는 상업화된 문학과 전위 문학의 구별조차 언제나 뚜렷한 것은 아니다.

알랭 로브-그리예나 모리스 로쉬 등의 전위 작가들이 '소설'과 같은 장르 명칭을 아직 사용하기는 하지만 그것은 오직 반어적인 의미에서일 뿐이다. 이들의 글쓰기는 오히려 모든 형식을 전복시키는 데 기여한다. 예를 들어서 『유령 도시의 토폴로지』(1976), 『희가극』(1975), 『밀집』(1966)과 같은 작품들은 독자에게 소설로 소개되었으나, 오늘날에도 여전히 씌어지고 읽히는 전통적인 의미의 소설과는 거의 아무런 공통점도 없다. 장-노엘 브아르네는 로쉬의 『밀집』 후기에서 소설의 종말에 관해 논의하면서, 장차 양식의 혼합을 통해 이론과 허구의 경계가 허물어질 것이라고 전망한다(169). 이처럼 장르의 존립 자체가 더 이상 자명하지 않게 된 20세기 현대 사회에 과연 '장르 시스템'이라는 개념을 계속 적용할 수 있을까?

장르와 그 경계가 애매해진다면, 문학을 제도로 파악하고 기술하려는 입장이 적절한 것인가 하는 문제도 제기될 것이다. 유리 로트만은 텍스트 개념 자체가 애초부터 제도적 성격을 지녀왔음을 지적한 바 있다. 그렇다면 당연히 허구 텍스트 역시 '제도화된' 존재라는 가정이 성립한다(로트만, 1977).

해리 레빈은 문학 생산과 수용을 제도라는 관점에서 고찰하려고 시도한 선구자 가운데 한 사람이다(1945/46). 그의 중심적인 관심사는 장르를 집단적 현상이자 사회적 관습이라는 측면에서 조명하는 것이다. 그에 따르면 기존의 문학사회학적 방법은 이 같은 문학의 집단적·관습적 성격을 소홀히 취급했다. 다시 말해 "예술가가 고유의 관습을 다루는 방식"이 제대로 연구되지 않았다는 것이다(레빈, 1973: 66).

제도론적 접근과 관련하여 레빈이 제시한 기본 개요 속에는 이미 이 방법이 안고 있는 근본적인 문제점 가운데 하나가 드러나 있다. 제도론적 관점은 문학 텍스트를 특정 문예사조의 구성 요소, 즉 특정한 문화적·예술적 관습의 산물로 파악하려고 한다. 이에 따라서 1) 다양한 텍스트의 공통 분모(장르·사조)가 강조되는 반면, 2) 개별 텍스트들이 지니는 부정적이고 비판적인 측면들은 소홀히 다루어지거나 심지어 무시되고 만다.

독일어권에서는 페터 뷔르거가 제도 개념을 이용해서 특정한 문학사적 과정을 설명하려고 시도한 바 있다. 그는 장르 시스템을 연구한 퀼러와 마찬가지로 문학 제도를 역사적인 문맥 속에 놓고 이해하려고 한다. 이때 마르크스의 계급 개념이 사용된다. 이 점에서 뷔르거의 입장은, 문학의 발전 과정을 집단적 이해 관계가 대립하는 역사적 상황으로부터 분리시키는 정적인 기능주의의 함정을 벗어난다. 예컨대 그는 스탕달이 '하층 출신의 비범한 주인공'의 운명을 묘사하기 위해서 아직 문학 정전에 속하지 않은 장르인 소설을 이용하고 있음을 지적한다(뷔르거, 1977: 133).

뷔르거는 『전위 예술의 이론』에서, 작가와 작가 집단의 의식이 현대에 와서 '예술 제도'의 테두리를 벗어나 예술 제도 자체를 의문시하는 데까지 나아간다고 주장한다. 초현실주의와 미래파의 대변자들은 예술 제도를 제도권 '밖에서' 관찰하면서 이를 극복한 시적 현실을 창조하려고 한다. 그러나 뷔르거가 구체적으로 보여주고 있는 것처럼, 프랑스의 전위 예술은 시간이 흐름에 따라 시민 사회에 통합되고 제도화된다. 현대 미술관에 초현실주의 회화가 빼놓을 수 없는 필수품이듯이, 초현실주의 문학 텍스트들 역시 학교 커리큘럼 속에서 확고한 자리를 차지하고 있다.

내가 볼 때, 뷔르거의 이론은 위에서 지적한 제도론적 접근의 약점을 그대로 지니고 있는 것처럼 여겨진다. 뷔르거는 테오도르 아도르노가 주로 개별 문학 텍스트들과 그 속에 내재하는 모순들을 연구할 뿐 다다이스트와 초현실주의자들이 감행한 예술 제도에 대한 공격을 부각시키지 못하고 있음을 비판한다(뷔르거, 1979a: 92). 이와 반대로 뷔르거의 목표는 개별 작품의 분석(그는 그것을 포기할 생각이 없다)을 문학 제도 내에서 개별 작품이 가지는 기능과 결부시키는 것이다. 레빈과 마찬가지로 뷔르거 역시 개별 작품 생산의 근본을 이루는 '집단적 관습'과 그 규범의 중요성을 강조한다. 그에게는, 그러한 규범이 시민 사회가 낳은 '자율적 예술'에 의해 부정된다는 사실은 그다지 큰 의미가 없다.

문제점을 좀더 분명히하기 위해서 뷔르거가 프랑스 문학 사상 '유미주의'와 '자연주의'의 대립을 어떻게 분석하는지 생각해보기로 하자. 그에 따르면 두 사조는 특정한 심미적 · 사회적 규범을 제도화하려는 시도라고 할 수 있다. 이때 졸라와 바레스는 각기 자연주의와 유미주의의 문학관을 주창하는 대표적인 인물로서 경쟁한다. "자연주의는 〔……〕 문학이란 곧 시민 계급의 정치적 · 도덕적 자기 이해를 표현하는 매체라는 시민적 계몽주의의 문학관을 받아들인다. 〔……〕 반면 유미주의에서는 예술 작품을 자기 목적으로 간주하는 자율적 문학관이 그 극단적인 형태를 취하게 된다" (뷔르거, 1979b: 53).

텍스트사회학의 입장에서 볼 때 문제점으로 지적되어야 할 것은, 뷔르거가 전통적인 문예학과 비교 문학의 영향 속에서 정의된 '자연주의' '유미주의' '사실주의'와 같은 개념들을 그 이데올로기적 배경이나 함의에 대한 고려 없이 그대로 사용하고 있다는 사실이다(뷔르거, 1979a: 90).

어떤 것이 '자연주의적' 텍스트인가? '유미주의적' 텍스트란 무엇이고 '사실주의적' 텍스트란 또 무엇을 가리키는가? 각각의 텍스트에 고유한 의미론적 · 서술적 처리 방식은 어떤 것인가? 동일한 텍스트 안에 '낭만주의' '리얼리즘' '고전주의'의 처리 방식이 혼재할 가능성은 없는가?(그레마스, 1976b: 267; 로트만, 1973: 67) 이러한 종류의 문제들이 문학 제도의 이론에서 무시되는 것은 우연한 일이 아니다. 이 이론의 목표는 일정한 작품들을 기존의 개념 아래 귀속시키는 것이지, 반대로 그러한 개념들이 (특히 현대 문학에서) 다양한 개별적 문학 생산 형식에 의해 상대화될 가능성을 탐색하는 것이 아니기 때문이다.

예컨대 졸라의 소설처럼 어느 '사조'에 속하는지 불분명한 텍스트들은, 다양한 '글쓰기들' 사이의 이질성보다 공통 분모를 강조하는 접근 방법으로는 잘 설명되지 않는다. 그러한 방법은 알베르 카뮈의 작품을 설명하는 데도 별 도움이 되지 못할 것이다. 카뮈의 작품은 '사실주의'니, '실존주의'니 하는 개념에 종속될 수 없다. 게다가 '자연주의'와 같은 개념에 집착하는 한, 졸라의 소설과 프루스트의 '유미주의적' 소설 『잃어버린 시간을 찾아서』(1927) 사이에 존재하는 수많은 유사성은 간과되고 말 것이다. 플로베르의 『감정 교육』(1870)에서 이미 조짐을 드러낸 서술 통사론의 붕괴 현상이 졸라와 프루스트의 텍스트를 특징짓고 있다는 사실은 자연주의/유미주의라는 대립을 의심스럽게 만든다.

그뿐만이 아니다. 자연주의/유미주의의 대립을 출발점으로 하는 이론은 유미주의라고 지칭되는 사조 내부의 다양한 글쓰기 방식들 사이에 어떤 차이점과 특이성이 있는지를 밝히는 데도 적합하지 못하다. 예를 들어보자. 전통적인 시대 구분론에서 출발하는 학자들은 오스카 와일드의 『도리언 그레이의 초상』(1891)과 프루스트의 『잃어버린 시간을 찾아서』
사이의 유사성에 주목해왔다. 두 소설 모두 댄디즘, 나르시
시즘, 예술과 같은 주제들을 결합시키면서 다양한 방식으로
현실의 미적 승화를 꾀하고 있기 때문이다. 그러나 그 같은
주제상의 일치만큼이나 중요한 것은 언어적 차원에서 나타
나는 두 소설간의 차이점이다. 이 차이점을 포착하기 위해서
는 우선 두 소설이 (와일드의 다른 소설들 『진지한 것의 중요
성』[1899], 『윈더미어 부인의 예찬자들』[1893]과 마찬가지로) 동
일한 사회어(이 개념에 대해서는 3절 II항을 참조할 것)를 배경
으로 탄생했다는 사실을 고려하지 않으면 안 된다. 즉 세기말
살롱에서 사교적 대화에 사용되던 멋부리기 언어(와일드가
말하는 '위티 토크')가 두 소설의 배경을 이루고 있는 것이다.

　『잃어버린 시간을 찾아서』는 사교적 대화의 언어('conver-
sation')에 대한 급진적 비판으로서, 말과 글('파롤'과 '에크리
튀르') 사이의 근본적인 대립이 이러한 비판의 기초가 되고
있다(지마, 1980a 참조). 반면에 와일드가 사교적 대화를 다
루는 방식은 패러디와 모작의 수준을 넘어서지 않는다. 여기
에는 구체적인 이유가 있다. 와일드가 양가적이고 몰가치적
인 사교계 언어에 대한 대안으로서 제시하는 것은 '글쓰기'
가 아니라, 『도리언 그레이의 초상』의 결정적인 대목에서 화
가(바질 홀워드) 자신이 구사하는 신학적 술화이다. 이 점에
서 와일드의 입장은 위스망의 소설 『거꾸로 *A Rebours*』의 결

론부에 나타나는 입장과 비교될 만하다.

위스망과 와일드의 소설 속에 잠재하고 있는 기독교적 술화는 『잃어버린 시간을 찾아서』가 추구하는 언어, 즉 의사소통의 맥락에서 분리되어 미의 극치에 이른 언어와 대립된다. 이런 점에서 위스망과 와일드는 프루스트와는 다른 해결책(가치)을 지향하고 있다고 할 수 있다. 그들은 사교계의 사회어를 넘어서서 이를 비판적으로 "지양"(헤겔)하기보다는 ─ 와일드의 소설에서 거듭 강조되듯이 ─ 사교적 언어의 무관심성과 기독교적 도덕 사이의 대립에 집착한다. 근본적으로 상이한 두 사회어(사교계 언어와 기독교 언어)의 대조에 의해 구성되는 이 같은 의미론적 대립은 프루스트에게서는 발견되지 않는다. 프루스트의 소설 속에는 기독교적 사회어가 수용, 가공되어 있지 않기 때문이다. 그 대신 프루스트는 '글쓰기'에 신학적인 함의를 부여한다.

두 소설에 대한 대략적인 비교에서 일단 확인할 수 있는 점은 양자 사이에 상당한 간극이 가로놓여 있으며 '유미주의' 같은 개념이 이 간극을 포착하는 적절한 도구가 될 수 없다는 사실이다. 그렇다고 유미주의 개념을 통해서 두 소설간의 공통점이 잘 드러나는 것도 아니다. 양자간의 공통점은 단순히 주제상의 문제가 아니라, 이들이 공통된 사회언어학적 컨텍스트를 배경으로 하고 있다는 사실과도 관련이 있기 때문이다(3절 I항 참조).

뷔르거의 논문「프루스트, 발레리, 사르트르의 유미주의적 현실 묘사」(1977)에 따르면, 프루스트의 소설은 독자로 하여금 이용 가치의 문제에 괘념치 않는 "심미적 인간의 시각"에서 현실을 바라보게 함으로써 "독자의 미적 감수성을 증대시킨다"(1977: 12)고 한다. 전통적인 프랑스 문학비평의 정리들을 (사회 비판적인 문맥 속에) 답습한 데 지나지 않는 뷔르거의 주장은 '유미주의'니 '감수성'이니 하는 개념들이 얼마나 의심스럽게 되었는지를 스스로 드러내고 있다.

『잃어버린 시간을 찾아서』의 비판적 성격은 이 소설이 어떤 제도화된 규범(유미주의의 규범)을 확인해주고 있다는 사실에 있는 것이 아니다. 주목되어야 할 것은 무의식의 층을 지향하면서 커뮤니케이션 위주의 사교계 대화('파롤')와 근본적인 단절을 꾀하는 프루스트의 글쓰기 방식이다. 이러한 글쓰기 방식을 통해서 프루스트는 교환 사회가 '커뮤니케이션 사회'로 발전해가던 시점에서 교환 사회에 대한 비판을 수행한다.

르네 발리바와 자크 뒤부아는 전통적인 용어를 그대로 답습하지 않으면서 텍스트 구조의 문제까지 다루는 문학 제도의 사회학을 추구한다. 그러나 이들의 연구는 아직까지 독일어권에서는 제대로 주목받지 못하고 있다.

뷔르거의 분석에서 제도가 허구 텍스트에 대해 외적인 요인으로 다루어지고 있는 반면, 뒤부아와 발리바는 텍스트의 구조를 학교·가정·대학·텔레비전처럼 국가적 통제 아래 있는 제도와 연관지어 설명한다. 예컨대 발리바는 프랑스 문학 언어의 형성과 발전이 학교 조직과 밀접한 연관이 있으며 이런 의미에서 학교가 "이데올로기적 국가 기구"(알튀세르, 1976)로 기능하고 있음을 밝히려고 시도한다.

『허구 속의 프랑스어』라는 저서에서 발리바는 다음과 같이 적고 있다: "텍스트의 알레고리적 플롯, 작가의 생애, 의도, 창조적인 상상력, 이 모든 것들이 제도화된 문학 수업 시간에 교수되는 내용이다"(발리바, 1974: 141). 발리바가 입증하고자 하는 일차적 사항은 1789년 혁명 이래 학교에서 전수되는 프랑스 문학어와 플로베르, 카뮈 등과 같은 유명 작가들의 글쓰기 방식 사이에 일정한 상호 관계가 성립한다는 점이다.

나는 이 자리에서 카뮈의 『이방인』에 관한 발리바의 연구와 관련하여 몇 가지 언급해두려고 한다(이 소설은 이 글의 말미에서 텍스트사회학의 문제를 중심으로 다시 논의될 것이다).

발리바의 카뮈 연구에 깔려 있는 핵심 사상을 아주 간략하게 요약하면 다음과 같다. 카뮈 소설의 언어를 특징짓는 구조적 대립은 초등학교("enseignement primaire")와 중·고등학교("enseignement secondaire") 사이의 대립이다. 화자가 특징적으로 사용하는 복합 과거의 의미는 이런 맥락에서 이해할 수 있다. 카뮈는 복합 과거를 사용함으로써 초등학교의 언어를 중·고교, 대학교, 더 나아가 공인된 문학의 언어에 맞세운다. 발리바의 표현을 빌리면, "초등학교의 불어와 일반 문학어 사이에 존재하는 지배 관계가 이로써 역전된다"(발리바, 1974: 290~91).

발리바는 이 같은 역전이 기성의 '고급 문체'에 대한 비판적 의식을 불러일으키고 문학 생산의 '민주화 과정'을 추동한다는 점에서 이데올로기 비판적 계기를 지니고 있다고 본다. 그러나 다른 한편으로 카뮈의 시도는 독자에게 '자연스러움'에 대한 환상, 즉 작가가 저잣거리의 사람처럼 말한다는 환상을 심어주기 때문에 보수적이라고도 할 수 있다. 카뮈의 소설에서는 이러한 단순성조차도 복잡한 비유적 문체나 '어려운' 단순 과거와 나란히 사용되는 문학적 기법의 하나라는 사실을 발리바는 설득력 있게 논증하고 있다.

나는 이 자리에서 1) 발리바의 방법과 2) 제도론적 관점 일반이 지니는 문제점을 지적해두고자 한다.

1) 발리바의 입장은 위에서 언급된 장점에도 불구하고 알튀세르 학파의 이데올로기에서 유래하는 방법론상의 한계를 노출하고 있다. 발리바는 알튀세르와 마찬가지로 시민 계급 대 노동 계급이라는 엄격한 이분법을 바탕으로, 학교를 비롯한 기타 '이데올로기적 국가 기구'(언론·대학·가정 등)가 시민 계급이라는 하나의 동질적인 집단에 장악되어 있다고 전제한다. 그러나 나의 관점에서 볼 때 문학사회학이 더 큰

관심을 기울여야 할 부분은 (빈번히 이데올로기적으로 오용된) 시민 계급과 노동 계급 사이의 모순이라기보다는 시민 계급 내부에 존재하는 갈등인 것 같다. 허구 세계에서뿐만 아니라 대학 등 각급 학교에서도 자유주의·급진주의·기독교·사회주의·파시즘·공산주의 등 다양한 사회어가 서로 대립하고 있는 것이다. 작가들은 문학적 실천을 통해서 이들 사회어를 평가하고 특정 가치와 가치 대립을 옹호하며, 그에 따라서 텍스트의 의미론적 구조와 통사론적(서술적) 구조를 구축하게 된다. 그렇다면 카뮈의 소설을 민중적인 '복합 과거'와 중고교에서 전수되는 고급 언어 사이의 대립으로 파악하는 발리바의 관점은 지나치게 편협하다 하지 않을 수 없다. 다음에서 재차 언급될 터이지만, 카뮈의 소설에서 다루어지는 언어 형식은 민중적 언어니, 고급 언어니 하는 범주보다는 훨씬 더 특수한 차원에 놓여 있다. 이처럼 특수한 언어 형식들을 무시한 채 소설 텍스트의 구조(예컨대 서술 구조)를 해명하는 것은 불가능하다.

2) 『이방인』에서 복합 과거가 지니는 이데올로기적 의미에 대해서 르네 발리바는 다음과 같이 지적하고 있다. 복합 과거는 카뮈의 소설에서 "이데올로기적·문학적 외형을 이루는 구성 요소들 중의 하나다. 즉 학교 불어의 특정한 규범과 이상화된 관념들은 계급의 이해 관계를 표현하고 있는데, 복합 과거는 카뮈가 소설 작업을 통해 이들 사이에서 이끌어

낸 타협점인 것이다"(1972: 106~07). 여기서 저자는 (이미 레빈이 그랬던 것처럼) 문학 생산을 관습과 언어적 이념소로 환원시킴으로써 텍스트의 이데올로기 비판적 성격을 소홀히 하는 경향을 보인다. 이러한 일면성의 부분적인 원인은, 발리바가 시민 계급/노동 계급이라는 단순한 대립을 가정하는 바람에 시민 계급 내부에 이질적이고 상호 모순되는 다양한 언어들이 공존하고 있다는 사실을 간과한 데 있다. 문학이 궁극적으로 '시민 계급'에서 유래한 것이라면, 바로 이 집단 내부의 이질성과 모순이야말로 문학의 중대한 문제일 것이다. 예컨대 기독교 휴머니즘을 배경으로 성립한 소설 『이방인』은 이 사회어와의 관계를 단절함으로써 비판적 의미를 얻는다.

뒤부아는 발리바의 논의가 학교 문제에 국한된 채 대중 매체와 대학이 문학에 미치는 영향을 고려하지 않았다는 점을 비판한다. 이는 지극히 정당한 지적이라고 할 수밖에 없지만, 발리바의 연구에 대한 결정적인 반론이라고 보기는 어려울 것 같다. 더 중요한 것은, 학교든, 대학이든, 대중 매체든 간에, 단순히 '부르주아적'이니 '비부르주아적'이니 하는 식으로 재단해버리기 어려운 집단 언어와 사회어들이 그 속에서 공존하고 경쟁하고 있다는 인식일 것이다. 예컨대 로베르트 무질의 소설 『특성 없는 남자』에서는 기독교 · 파시즘 · 자유주의 · 사회주의의 언어들 사이의 갈등이 아주 구체적으로 묘사되고 있다. 이들 집단어에 대한 정확한 기술은 소설 뿐만 아니라 대중 매체, 학교, 대학의 언어 상황을 설명하는 데도 필수적인 것처럼 보인다.

미적 자율성 개념에 대한 뒤부아의 논의는 문학이 '시민 계급의 예술 제도에 속하는 이데올로기적 실천'이라는 제도 론자들의 관점을 특징적으로 드러내준다. 뒤부아는 물론 문학을 낳은 제도가 문학에 의해 전복될 잠재적 가능성마저 부인하지는 않는다. 그러나 그는 문학의 자율성이 이데올로기 비판적이기보다는 이데올로기적으로 작용할 것이라고 본다. 즉 자율성이란 "이데올로기적 기구인 제도가 시의 혁명적 잠재력을 은폐하기 위해 동원하는 도구 중의 하나"라는 것이다 (뒤부아, 1978: 75). 페터 뷔르거의 입장 역시 이와 유사하다. 그는 아도르노의 자율성 개념이 역사적인 상대성에서 벗어날 수 없음을 지적하면서(뷔르거, 1979a: 88~92), "자율적 예술의 개념을 무비판적으로 받아들이는" 문예학적 입장을 분명히 거부한다(뷔르거, 1979b: 20). 뒤부아와 발리바가 그런 것처럼, 뷔르거 또한 변화하는 제도와 '이데올로기 기구들' 속에서 문학이 어떤 기능을 수행하느냐의 문제에 몰두한 나머지, 이데올로기적 술화를 넘어서는 허구의 비판적 측면을 도외시한다. 예컨대 뷔르거는 초현실주의가 본래 의도와는 달리 시민적 예술 제도 속에 통합되었다고 말한다. 물론 사실에 전혀 어긋나는 얘기는 아닐 것이다. 그러나 그러한 주장은 초현실주의적 글쓰기 방식에 내재하는 비판적 잠재력이 오늘날의 전위주의자들(솔레르스, 로쉬, 리카르두)에게까지 지속적인 영향을 미치고 있다는 사실 앞에서 상대화될 수밖에 없다(초현실주의자들의 비판적 영향에 대해서는 뒤부아, 1978: 56을 참조할 것).

마지막으로 제도론자들에 의해 무시되고 있으나 텍스트사회학의 입장에서 볼 때 중대한 문제가 한 가지 남아 있다. 제도론자들은 (전적으로 지식사회학과 기능주의의 입장에서) 제도화된 다양한 예술관을 상대화시키면서 '유미주의' '자연주의' '사실주의' 등의 입장에 대해 일정한 거리를 유지하려고 한다. 그러나 그들은 이론의 대상이 되는 문학 텍스트뿐만 아니라 자기 자신의 이론적인 메타텍스트 역시 역사적이고 '제도적'인 상대성을 안고 있다는 점에 대해서는 반성하지 않는다.

그렇다고 해서 모든 입장을 상대화하면서 종국에 가서는 자기 자신도 무의미하게 만드는 것이 텍스트사회학의 목표는 아니다. 텍스트사회학은 오히려 특정한 허구적 술화를 편애하면서, 그러한 편애의 근거를 밝히려고 노력한다. 다시 말해서 텍스트사회학은 자신이 특정한 허구 술화에 의해 수립된 가치들을 부분적으로 공유하며 이 술화의 의미론적·통사론적 처리 방식을——이론에 허용되는 범위 안에서——추종한다는 점을 분명히한다(3절 참조). 페터 뷔르거는 아도르노가 특정한 (역사적인 성격의) 예술관을 절대시한다고 비판하지만, 사실 가치 중립적 기능주의를 거부하는 모든 비판적 문학 이론은 특정한 문학적 실천을 지향점으로 삼게 마련이다. 예컨대 바흐친에게는 도스토예프스키의 다성악이, 아도르노에게는 횔덜린의 병렬적 글쓰기 방식이, 크리스테바에게는 기호의 지시 기능을 파괴한 말라르메의 시가 이러한 지향점이자 중심적인 연구의 대상이 되었던 것이다. 그러나 뷔르거와 발리바의 논의에서는 이러한 이론과 허구 사이의 공생 관계에 대한 성찰을 찾아볼 수 없다.

II. 이데올로기와 반영

헤겔, 마르크스, 루카치의 입장을 근간으로 하는 다양한 문학사회학 이론들의 공통된 사상은 문학 텍스트가 비교적 일관성 있게 특정한 이데올로기를 표현하고 있다는 명제로 요약될 수 있다. 다시 말해서 문학 텍스트의 '현실' 묘사란 특정한 사회 집단이나 계급의 집단 의식에 그 기원을 두고 있다는 것이다. 이에 대해서 다음과 같은 두 가지 문제가 제기될 수 있을 것이다. 첫째, '이데올로기'를 어떻게 정의할 것이냐 하는 문제(그것은 단순히 기술적인 문제처럼 보이지만 반드시 그런 것만은 아니다)와 둘째 '올바른' 이데올로기란 것이 있을 수 있는가의 문제이다. 좀더 정확히 하자면, 두번째 문제는 다음과 같이 바꾸어 말할 수 있다. 이데올로기와 진리, 이데올로기와 과학 사이에는 어떤 관계가 있는가?

레이몬드 윌리엄즈는 『마르크스주의와 문학』(1977)에서 이 두 문제를 다룬 바 있다. 그는 이데올로기의 세 가지 — 부분적으로 상호 보완적인 — 측면을 구분한다. 그가 첫번째로 언급하는 것은 가장 일반적인 의미의 이데올로기다. 이때 이데올로기란 '특정한 계급이나 집단을 특징짓는 신념들의 체계'로 정의되는데, 이러한 정의는 마르크스주의뿐만 아니라 지식사회학에서도 중요한 의미를 지니고 있다. 두번째 정의에서는 이데올로기가 '참된 과학적 인식에 대립되는 환상적 신념, 즉 허위적 관념과 허위적 의식의 체계'로 간주된다. 마지막으로 이 두 정의에 전제되어 있는 '의미와 관념이 생성되는 일반적인 과정'에 대한 상론이 전개된다. 여기서 윌리엄즈는 다양한 마르크스주의의 조류들 속에서 사용되고 있는 이데올로기 개념이 이 두 정의의 조합으로 이해될 수 있다고 덧붙이고 있는데, 이는 매우 정확한 지적이다(윌리엄즈: 55).

윌리엄즈와 그 후 로시-랑디(1978)가 제안한 이데올로기 개념의 정의는 유용한 것이기는 하지만, 이 정의로부터 다음과 같은 새로운 문제가 제기된다. 이데올로기라고 하는 언어구조는 어떻게 생성되는가? '참된' 지식과 '거짓된' 지식은 어떤 언어적(술화적) 속성을 가지고 있는가? 윌리엄즈와 로시-랑디에게서 이들 문제는 해결되지 않은 채로 남아 있다.

이데올로기와 과학 사이에 '인식론적 단절'이 있다는 알튀세르의 명제 역시 이 문제에 대한 적절한 해답을 제공해주지는 못한다. 비판 이론의 지지자들(예컨대 슈미트, 1969)이나 뤼시엥 골드만과 같은 마르크스주의자들의 눈에는 인식론적 단절에 관한 명제 자체가 '이데올로기적'이고 '실증주의적'인 주장으로밖에는 보이지 않는다.

이데올로기의 언어적 기능에 대해서는 나중에 텍스트사회학의 개요를 제시하는 자리에서 상론될 것이다. 하지만 현재 논의의 입장을 분명히 규정한다는 의미에서, 일단 이데올로기의 술화 구조에 관한 몇 가지 언급을 해두기로 하자.

나는 「이데올로기 술화의 메커니즘」(1981)이라는 논문에서―윌리엄즈의 선례를 따라서―이데올로기를 집단적 이해 관계(관심)와 허위 의식이라는 두 가지 측면으로 구분지어 고찰한 바 있다. 이때 중요한 것은, 이러한 구별 자체라기보다는, 이데올로기의 두 측면을 언어적(술화적) 차원에서 기술하고 양자간의 상호 관계를 밝히는 작업이었다.

이 논문의 내용을 아주 간단히 정리해본다면 다음과 같다. 집단적 관심의 표현으로서의 이데올로기는 의미론적 차원과 통사론적 차원으로 구성되어 있다. 개인과 집단이 주체로 정립되는 것은, 그들이 특정한 유관성 기준을 선택하고 이 기준에 입각해서―'현실' 그 자체라고 여겨지는―특정한 의미론적 분류 체계를 구성함으로써다. 이러한 분류 체계는 술화의 서술 구조를 떠받치는 토대가 된다. 다시 말해서 현실을 서술할 수 있는 것은 오직 특정한 의미론적 차이와 대립(그것은 곧 가치의 대립이기도 한데)의 유관성이 인정되는 한에서일 뿐이라는 것이다. 상이한 주체들(개인 또는 집단)은 저마다 심리적·경제적·사회적 상황에서 유래하는 상이한——심지어 상반되는——관심을 가지게 마련이고, 이 때문에 다른 주체의 분류 체계와 양립하기 어려운 분류 체계를 선택한다. 따라서 이를 기반으로 하여 생겨나는 정치 '이야기,' 종교 '이야기,' 과학 '이야기' 사이에서 자연히 잦은 충돌이 일어나게 된다(1914년 1차 세계 대전의 발발이나 아프가니스탄의 소련군 진주에 대한 상충되는 여러 이야기들을 생각해보라).

모든 술화의 기초에는 술화 주체의 관심과 이해 관계에서 유래하는 유관성 기준과 분류 체계가 놓여 있으며, 이 점에서는 사회과학의 술화조차 예외가 아니다. 그렇다면 정치·종교·도덕의 술화뿐만 아니라 사회 비판적인 술화나 학술적인 술화까지도 이데올로기적이라고 말할 수 있다. 이들은 모두 사회적 관심의 표현이기 때문이다.

그러나 사회 비판적 술화나 학술적 술화는 자기 자신의 사회역사적 입지에 대해 반성하면서 이를 비판(자기 비판)의 대상으로 만든다는 점에서 정치·종교·도덕의 술화와는 구별된다. 위르겐 하버마스(1968, 1973)와 뤼디거 부브너(1973)도 요구한 바 있는 이론의 반성적 태도는 비판과 학문(나는 여기서 의도적으로 두 용어를 동의어처럼 사용하고 있다)이 이데올로기로부터 빠져나올 수 있는 출구를 제공해준다. 자기 반성은 술화의 차원에서(즉 의미론적 차원과 서술적 차원에서) 작동하는 특정한 이데올로기적 메커니즘을 파괴하거나 아니면 적어도 의문시할 수 있다. 다시 말하자면, 1) 자기 자신의 분류 체계와 유관성 기준을 의문시하고 상대화하려는 노력이 있는 한, 어떤 대립도 절대화될 수는 없을 것이고, 따라서 이데올로기적인 이원론(신화적인 흑백 논리)은 무력해질 것이다. 2) 어느 한 가지 분류 체계도 당연한 것이 아니며 다른 분류 체계도 얼마든지 가능하다는 점을 의식하고 있는 주체는 자기 자신의 술화('이야기')를 현실(지시되는 대상)과 동일시하려 들지 않을 것이다. 이러한 주체는 자기가 다루는 대상이 다름아닌 자기 자신이 선택한 분류 체계(및 유관성)의 산물이거나, 아니면 적어도 이 분류 체계의 절대적인 영향 아래 놓여 있다는 점을 인식할 것이다. 그는 또한 타인의 술화에서는 다른 분류법이 도입될 뿐만 아니라 다른 대상이 구성되고 다른 명칭이 사용된다는 점도 인식하게 될 것이다. 3) 이러한 인식을 획득한 주체는 ('진술의 주체'로서) 자신의 술화를 상대화하면서 개방적 태도로 다른 술화와의 대화를 추구할 것이다.

이상의 논의에 근거할 때, 좀더 제한된, 엄격한 의미의 이데올로기('거짓된' 술화)에 대한 정의가 가능해진다. 이데올로기적 술화는 특정한 가치 판단과 집단의 이해 관계를 표출시키는데, 이는 사실 모든 유형의 술화의 공통된 특성이기도 하다. 결국 모든 술화는 이 같은 의미에서 이데올로기적이다. 엄격한 의미의 이데올로기적 술화는 여기서 한걸음 더 나아가서, 자기 자신의 유관성 기준과 분류 체계야말로 절대적이고 '자연스러운 것'이라고 주장하면서 비판적이고 과학적인 인식을 가로막는 술화다. 이데올로기적 술화는 자기 자신이 곧 현실 자체라고 주장하며, 스스로 수행한 대상 구성의 상대성을 인정할 줄 모른다. 따라서 '참'과 '거짓' 사이에는 확고한 경계선이 그어지고, 이 술화의 대상에 대해 다른 술화들이 이러쿵저러쿵 논의하거나 그것을 한 가지 대상 구성의 가능성으로 격하시키는 것은 용납되지 않는다.

주체의 이데올로기적 태도, 즉 자신의 술화를 '자연스러운 것으로 만들려는' 태도에 대해 루이 프리에토는 다음과 같이 언급한다: "물질적인 현실에 대한 인식이 이데올로기적으로 되는 것은, 주체가 대상을 구성하는 과정에서 현실에 부여한 경계와 동일성을 마치 현실 자체에 내재하는 것인 양 간주함으로써다. 다시 말해서 주체가 현실로부터 구성한 관념을 현실 자체에 귀속시키는 순간 이데올로기는 발생하는 것이다. 이데올로기적 인식의 주체는 인식의 구성을 의식하지 못하며, 하물며 실천이 그 속에서 어떤 역할을 수행하는지는 상상조차 하지 못한다"(1979: 263). (그와 같은 신비화의 대표적

130

인 사례로서는 물론 교조적인 마르크스-레닌주의를 꼽을 수 있을 것이다. 여기에는 '현실은 곧 마르크스-레닌주의'라는 암묵적인 가정이 항상 전제되어 있기 때문이다. 그러나 이론을 지위에 따라 위계화하는 것이 모든 과학의 당연한 관심사인 양 간주하는 분석철학적 입장 역시 이데올로기적이기는 마찬가지다. 이러한 관점은 한 가지 가능한 과학 개념을 절대화시킨다〔괴트너/야콥스, 1978 참조〕.)

물론 반성, 비동일성, 대화와 같은 개념의 바탕에도 특정한 가치와 가치 판단이 깔려 있는 것이 사실이다. 따라서 우리는 이들 개념에 대해서도 의문을 제기하고, 그 역사적 원천과 (하버마스, 1976: 332~34가 말하는) 보편화 가능성을 개방적인 토론 속에서 검토해보지 않으면 안 된다. (나는 하버마스처럼 이해 관계의 보편화 가능성에 대해 이야기하기보다는, 특정한 가치의 보편화 가능성 문제를 생각하는 것이 더 합당하다고 본다. 이해 관계란 그 정의상 특수성을 벗어날 수 없기 때문이다〔지마, 1981 참조〕.)

내가 제안한 이데올로기 개념의 정의에 입각한다면, 마르크스주의 문예학이나 이데올로기 비판적 문예학은 주로 다음 세 가지 문제에 주목할 것이라고 추측할 수 있다. 1) 문학 텍스트는 어떤 사회적 이해 관계를 표현하는가? 2) 텍스트가 현실을 신화적으로 채색하기 위해 사용하는 (엄격한 의미에서 이데올로기적인) 기법은 어떤 것인가? 3) 문학 텍스트의 이데올로기 비판적 잠재력은?

이러한 관점에서 게오르크 루카치, 뤼시엥 골드만, 피에르 마셰리, 테오도르 아도르노 등의 문예학 저작을 읽어보면, 우리는 실제로 위에 언급한 세 문제가 서로 밀접하게 뒤얽혀 있음을 확인하게 된다. 이들 저자들은 음으로 양으로 이 세 문제를 상호 관련시키고 있다.

이러한 맥락에서 중요한 의미를 지니는 것은 '반영'의 개념이다. 텍스트가 어떤 이데올로기를 표현할 때는, 일정한 선별의 기제가 작동하게 된다. 즉 텍스트는 특정한 사실을 강조하면서, 그 밖의 사실은 언급조차 하지 않고 지나쳐버릴 것이다. 즉 텍스트가 어떤 선별 장치에서 출발하느냐에 따라 현실의 묘사는 달라진다.

루카치는 초기 저서 『역사와 계급 의식』(1923)에서, 현실에 대한 정확하고 과학적인 파악은 저항하는 계급의 관점에서만 가능하다고 주장한다. 동일한 생각이 그의 노년기 저작에서도 중심적인 의미를 지닌다.

루카치에 따르면, 거짓된 이데올로기나 세계관은 현실에 대한 왜곡된 이미지를 낳을 뿐이다. 그러한 이데올로기로부터 리얼리즘적인 현실의 묘사를 기대할 수는 없다. 괴테의 뒤를 이은 고트프리트 켈러와 역시 스위스 작가인 고트헬프 사이의 대립은 여기서 도출된다. "고트헬프는 실제로 소박한 시골 생활을 묘사하지만, 이 묘사는 그러한 상황을 이상화시키는 이데올로기의 틀 속에서 이루어지고 있다. 이 때문에, 켈러가 밝혔듯이, 고트헬프는 스위스의 현실을 왜곡하고 진보와 민주주의에 적대적인 경향을 보인다"(루카치, 1967a: 85).

루카치의 텍스트는 암묵적으로 이데올로기 개념과 반영 개념을 연결시킨다. 다시 말해서 '거짓된' 이데올로기(진보에 대해 적대적이며 비민주주의적인 이데올로기)는 합리적이고 리얼리즘적인 현실의 반영을 가로막는다는 것이다.

이와 반대로 괴테와 켈러의 작품에 나타나는 시민적·인간주의적·민주주의적 세계관은 사회 상황에 대한 "구체적" (헤겔)이고 합리적인 파악을 가능하게 하고, 현실의 올바른 반영을 위한 밑거름이 된다. 예컨대 괴테가 베르테르의 운명을 이야기할 때, 그는 성장하는 시민 계급이 '봉건절대주의 체제' 아래서 얼마나 절망적인 상황에 놓여 있는지를 잘 보여주는 '전형적' 사건을 제시하고 있는 것이다. "첫째로 괴테는, 로테에 대한 베르테르의 사랑을 통해서 주인공의 민중적·반봉건적 삶의 지향을 시적이고도 고양된 형태로 표현한다"(루카치, 1967b: 27). 이와 동시에 베르테르는 소설이 씌어진 시대 전체를 대표하는 전형적인 인간상으로서, "개인의 발전과 시민 사회 사이에 화해할 수 없는 모순이 존재한다는 것"을 인식케 해준다(같은 곳).

후기 루카치는 괴테, 켈러, 토마스 만, 횔덜린에 대한 글에서, '올바른' 이데올로기나 세계관이 현실을 전형적이고 리얼리즘적으로 반영하기 위한 전제 조건임을 거듭 강조한다 (루카치는 '이데올로기'와 '세계관'을 근본적인 구분 없이 사용하지만, 그의 글 속에서 이데올로기 개념은 대개 부정적인 문맥에서 나타난다).

이 같은 입장에 설 때 해결되기 어려운 두 가지 문제가 발생한다. 첫번째 문제는 루카치 스스로도 곧잘 거론한 바 있는데, 우리는 이를 발자크의 '인간 희극'의 문제라고 부를 수 있다. 발자크는 비록 개인적으로는 보수적 이데올로기(왕당파의 이데올로기)를 옹호했지만, 작가로서는 리얼리즘적 작품을 썼으며, 자신이 정치적으로 공감을 느끼는 바로 그 사회 집단을 작품 속에서 가차없이 비판했다는 것이다(예컨대 발자크의 소설 『드 랑제 공작 부인』에 나오는 귀족 계급과 포부르 생제르망의 묘사)(루카치, 1967b: 100 참조). 두번째 문제를 제기하는 것은, 루카치적인 사고틀 속에서는 리얼리즘적이라고도, 민주적이라고도, 진보적이라고도 규정될 수 없는 니체, 무질, 셀린, 바요라, 카프카 등의 텍스트다.

이들 텍스트의 가치와 비판적 영향력은 어떻게 설명될 수 있을까? 루카치는 아무런 대답도 제공해주지 못한다. 그는 이 물음 앞에서 교조적이고 독백적인 술화로 도피하면서, 니체는 파시즘의 선구자로, 카프카는 "추상적·자연주의적" 글쓰기에서 벗어나지 못하는 "부르주아 데카당스"의 대변자로 규정한다(루카치, 1971: 550 참조).

텍스트사회학의 과업이 다만 1차 텍스트(즉 괴테, 켈러 등의 문학 텍스트)에 나타나는 이데올로기 내지 이데올로기 비판을 추적하는 데 한정될 수 없다는 점은 이러한 사례를 통해서 새삼 분명해진다. 텍스트사회학은 이론적인 메타 텍스트의 이념소와도 대결하지 않으면 안 된다.

루카치의 술화가 '엄격한 의미에서'(즉 허위 의식이라는 의미에서) 이데올로기적이라는 것은 이론적 차원에서 어렵지 않게 입증할 수 있다. 루카치의 메타 텍스트가 어떤 처리 기법을 구사하고 있는지는 이미 나의 다른 글에서 다루어진 바 있으므로(지마, 1978 참조), 여기서는 중요한 논점만을 요약해서 제시해보기로 하겠다. 1) 루카치는 역사적 현실에 대한 자신의 말을 역사적 현실 자체와 동일시한다. 즉 그는 자신의 역사관이나 현실관에 대한 의심을 용납하지 않는다. 2) 그의 말은 목적론적으로 짜여져 있고, 이 목적론(여기서 목적은 사회주의 사회이다)은 모든 비판적 반성으로부터 차단되어 있다. 3) 루카치는 자신이 구성한 대상('부르주아 사회' '리얼리즘' '자연주의' '제국주의')을 자연스러운 것으로 전제함으로써 이에 대한 비판을 불가능하게 만든다. 4) 루카치의 술화는 이원론적이다. 이 술화의 기반에는 사회주의/자본주의, 자연주의/리얼리즘 등과 같은 절대적인 대립이 놓여 있다. 이 같은 이원론적 술화는 결국 니체, 카프카, 켈러 등의 양가성을 외면하는 독백으로 귀결된다. 이들 작가에 대한 개방적 대화는 불가능해진다. 루카치가 민주주의적이고 진보적이라고 규정한 켈러의 작품에서 레오 뢰벤탈이 '온정주의적' '반개인주의적' '억압적' 측면을 강조하고 있다는 사실은 이러한 맥락에서 시사하는 바 크다(뢰벤탈, 1971 참조).

그렇다고 해서 루카치는 틀렸고 뢰벤탈이 옳다고 할 수는 없다. 그러한 주장은 또 하나의 이원론적 술화로 귀결될 뿐이고, 이때 루카치의 저작에 담겨 있는 가치 있는 통찰들은 무시되고 말 것이다. 내가 지적하려는 것은 다만 다음과 같은 사항이다. 니체나 켈러의 작품에 어떤 '진리'가 있다면 그것은 텍스트의 양가성이지, 대상의 단의성을 전제하는 이념소가 아니다.

뤼시엥 골드만은 후기 루카치의 저작과 거리를 두면서 오히려 『영혼과 형식』(1911), 『소설의 이론』(1920), 『역사와 계급 의식』(1923)에 나타난 청년 루카치의 사상에 공감을 표시한다. 그럼에도 불구하고 골드만의 사유는 헤겔의 체계적 철학에 큰 영향을 입고 있다는 점에서 (후기) 루카치와 크게 다르지 않다. 그는 헤겔이나 루카치와 마찬가지로 현실이 오직 그 총체를 통해서만 구체적으로 인식될 수 있는 것이라고 가정하면서, 이러한 생각의 연장선상에서 괴테, 발자크, 라신 등의 '위대한' 작품을 의미 있는 총체로 해석하려고 시도한다. 작품이 이루는 의미 있는 총체성은 개념의 차원에서 세계관에 대응된다. 즉 작품의 총체성과 세계관 사이에는 상동 관계가 성립한다. 골드만은 작품과 세계관에 공통된 기반으로서 의미 구조의 존재를 상정하고 있는데, 이는 헤겔의 총체성 개념으로부터 파생된 것이라 할 수 있다.

골드만 역시 루카치와 마찬가지로 일관성 있는 위대한 작품을 개념의 체계로 환원시킬 수 있으며 또 그렇게 해야 한다고 확신하고 있다. 라신의 『페드르』에 대한 논문에서 그는 다음과 같이 주장한다: "그러므로 하나의 문학 작품을 성공적으로 해석하기 위해서는, 정작 작가의 의식 속에는 전혀 존재하지 않았을 수도 있는 철학적·신학적 개념의 체계를 작품과 관련시키는 작업이 필요하다"(골드만, 1959: 195). 루카치의 경우에 그랬듯이, 여기서도 문학 텍스트는 일관적이어야 할 뿐만 아니라 단일한 의미로 확정될 수 있어야 한다는 가정이 전제되고 있다.

루카치가 '올바른'('합리적인') 세계관과 '그릇된' 이데올로기를 구분했듯이, 골드만 역시 모든 '세계관'이 동등한 가치를 지니는 것은 아니라는 입장을 취하고 있다. 그에 따르면 헤겔과 괴테의 '변증법적 세계관'은 칸트, 파스칼, 얀센주의자들의 비극적 세계상을 뛰어넘은 것인 반면, 사르트르의 데카르트적 합리주의(또는 개인주의)는 여러 가지 면에서 비극적 사유 이전 단계, 즉 개인주의적 계몽주의 사고틀로의 후퇴에 지나지 않는 것으로 평가된다. 사르트르의 개인주의는 이 때문에 해결할 수 없는 모순에 빠지게 된다.

합리주의 ─ 비극적 세계상 ─ 변증법이라는 서술 도식이 보여주듯이, 골드만의 이론 역시 목적론을 바탕으로 하고 있다. '인간적 사회'('무계급 사회'의 골드만적 변형)가 그의 이론이 설정한 목적이다. 이러한 목적론은 허구 텍스트가 어떤 미학적·인식적 가치를 지녀야 하는가를 규정하게 마련이다. 골드만의 발생론적 구조주의가 루카치의 문학사회학과 마찬가지로 규범적 성격을 지니고 있는 것은 이 때문이다. 그는 파스칼이나 라신, 사르트르 등의 작품을 (마르크스주의의) 변증법적 모델을 기준으로 비판하고 평가한다. 이에 따르면 파스칼은 변증법의 선구자이며, 사르트르는 구제 불능의 개인주의자 또는 합리주의자로 규정된다(골드만, 1970a: 234).

그러나 한 가지 중요한 점에서 골드만의 이론은 루카치의 이론과 구별된다. 그의 기본적인 관심은, 루카치처럼 올바른 반영과 그릇된 반영('리얼리즘적' 반영과 '자연주의적' 반영, '구체적' 반영과 '추상적' 반영)을 가려내는 것이 아니라, 특정한 사회 상황으로부터 어떻게 예술 작품이 생성되는가 하는 발생론적 문제를 추적하는 것이다.

골드만은 라신의 비극이 어떻게 발생했는지를 대체로 다음과 같이 설명한다. 라신의 작품은 극단적인 얀센파의 세계관을 특별히 생산적인 방식으로 표현하고 있다. 여기서 얀센파의 세계관은 법복 귀족에 귀속되는 의식(가능한 의식)으로 간주된다.

앞서 정의된 이데올로기 개념과 골드만의 세계관('vision du monde') 개념 사이의 차이점은 이 지점에서 분명해진다. 사회적 이해 관계의 표현 내지 허위 의식으로서의 이데올로기란 일상적 현실에서 발견될 수 있는 어떤 것인 반면, 골드만이 말하는 세계관은 경험적 사실이 아니다. 그것은 사회적 현실 속에 존재하지 않으며, 다만 '위대한' 철학적 저작이나 문학 작품 속에만 담겨 있다. 이로부터 세계관의 순수한 모습을 추출해내는 것은 이론의 추후적인 작업에 의해서다. 그렇다면 세계관이란 막스 베버의 이념형에 가까운 것이라 하겠다.

세계관과 이데올로기 사이의 또 한 가지 차이점은 일관성의 기준에서 찾아볼 수 있다. 이 사실은 이미 마르키비츠의 논문 「이데올로기와 문학」(1979)에서 지적된 바 있다. 일상적인 현실 속의 이데올로기는 비교적 일관성이 부족한 데 반해, 귀속된 의식('가능한 의식의 최대치')의 표현이자 총체성으로서의 세계관은 고도의 일관성을 나타낸다(하인델즈, 1977: 138 참조).

그러나 내가 보기에 이데올로기와 세계관의 구별은 그다지 적절하지 않은 것 같다. 또한 세계관이 '가능한 의식'의 표현으로서 한 계급의 직접적인 이해 관계를 넘어서는 미래 지향적 가치를 지닌다는 골드만의 주장 역시 설득력이 없다. 우선 일관성의 기준에 대해 살펴보자면, 오히려 이데올로기들이 높은 정도의 일관성을 보여주는 경우가 허다하다. 이데올로기는 적어도 아포리아 속에서 허덕이는 비판 이론(비판 이론은 이 글의 부분적인 기반을 이루고 있는데)보다는 더 높은 일관성을 나타낼 것이다. 움베르토 에코는 얀 플레밍의 이데올로기적인 제임스 본드 소설들이 얼마나 수미일관한 구조를 이루고 있는지 잘 보여준 바 있다. 우리는 제임스 본드 소설이 무질의 『특성 없는 사나이』 같은 '위대한' 미완성 소설보다 일관성이 더 높다는 것을 증명할 수도 있을 것이다(에코, 1977 참조). 세계관이 '미래 지향적'이며 지금 이곳의 사회 상황을 넘어선다는 생각은 너무 관념적이고 모호하다. 나는 오히려 크로체와 같은 철학자의 사상 체계(골드만에 따르면 세계관을 표현하는 위대한 철학 체계)를 일상적인 이념소('상식 senso commune')와 연결시킨 그람시의 입장이 정당하다고 믿는다.

헤겔에서 골드만에 이르기까지 끈질기게 이어져 내려온 고전주의적 편견, 즉 예술 작품이란 동질적이고 조화로운 총체라는 관념 역시 이와 같은 일상의 이념소에 해당한다. 홀레브니코프에서 리카르두에 이르는 전위주의 운동이 이러한 고정 관념과 맞서 싸운 것은 공연한 일이 아니었다. 마셰리와 아도르노의 이론에서 조화로운 예술 작품의 관념은 폐기된다.

　피에르 마셰리는 한 논문에서 르네 발리바와 유사한 논리를 전개하면서(2절 I항 참조), 다음과 같은 두 가지 기본적인 견해를 피력하고 있다. 1) 문학 작품은 동질적인 전체가 아니다. 문학 작품이 표현하는 것은 어떤 한 가지 이데올로기나 세계관이 아니라, 현실의 이데올로기적 · 사회적 모순이다. 2) 하지만 이와 동시에 '문학'은 지배적인 '부르주아' 이데올로기의 구성 요소이기도 하다. 다시 말해서 문학은 부르주아적 제도(이데올로기적 국가 기구) 안에서 일정한 기능을 수행한다.

　루카치나 골드만이 말하는 반영 개념이 '현실' 또는 일정한 의식 형태에 대한 수미일관하고 총체적이며 구체적인 묘사를 의미하는 반면, 마셰리는 반영을 사회적 상황의 모순적인 재현으로 정의한다. 이러한 반영은 오히려 '반영의 부재'를 통해서 성립한다. "이로부터 문학 텍스트가 하나의 이데올로기를 표현하는 것이 아니라(즉 이데올로기에 언어의 옷을 입히는 것이 아니라), 이데올로기를 보여준다는, 즉 구경거리로 만든다는 인식이 도출된다. 구경거리가 된 이데올로기는 즉각 자기 자신을 거역하게 된다. 왜냐하면 이데올로기를 보여준다는 것은 그 이데올로기가 적대적인 이데올로기를 복속시킬 수 없는 지점, 즉 이데올로기의 한계를 드러냄으로써만 가능한 일이기 때문이다"(발리바/마셰리, 1974: 39). (여기

서 '이데올로기'란 알튀세르가 말하는 '과학'에 대한 대립자로서
의 이데올로기다. 그것은 사회적 이해 관계의 표현인 동시에 허
위 의식을 의미한다.)

문학은 이데올로기의 허점과 모순을 드러내면서 그것이
당연하고 자연스러운 것이라는 환상을 파괴한다. 단지 문제는
누가 그것을 알아차리느냐는 것이다. 최악의 경우에는, 발자
크, 게오르게, 카뮈의 작품에서 이데올로기적인 요소와 비판
적인 요소를 분간해낼 줄 아는 비판적 학자 또는 '초독자(超
讀者)'의 눈에만 그러한 허점과 모순이 드러날지도 모른다.
예컨대 발자크의 『농민들』(1844/1845)에서 이데올로기와 이
데올로기 비판이 어떻게 상호 작용하는지를 구체적으로 보
여주는 것은 이 소설에 대한 마셰리의 논문이다.

마셰리에 따르면, 모르반의 농민을 기생적인 동시에 위험
한(대토지 소유주의 질서를 위협하는) 사회 집단으로 묘사하려
는 발자크의 이데올로기적 의도는, 소설 속의 보수적 이데올
로기가 뜻하지 않게 자기 자신과 현실의 정체를 드러냄에 따
라 좌초하고 만다. 이 과정에서 드러나는 것은, 농민들이 몰
락해가는 계급이라는 사실이다. 그들은 지배적인 부르주아
계급의 언어에 물든 언어를 사용하고, 자기 권력을 공고히하
려는 부르주아 계급에 의해 조작될 뿐이다. "발자크의 소설
속에서 정작 농민이 발견되지 않는 이유가 이로써 분명해진
다. 즉 이 소설의 진정한 주제는 농민의 부재, 좀더 정확히

말하면 자본주의적 착취의 희생양인 농민 계급의 소멸인 것이다"(마셰리, 1979: 145).

여기서 마셰리의 중요한 생각은 다음과 같이 요약할 수 있다. 작가가 농민들의 교활함과 비루함을 보여주기 위해서 모든 문학적 수단(즉 제도화된 모든 예술적 기법)을 동원한다 하더라도, 이데올로기가 텍스트 속에서 스스로의 허점과 모순에 대해 말하기 때문에 작가의 계획은 실패하게 되어 있다. 다시 말해서 소설가는 이데올로기적인 영향력을 발휘하고 싶어하지만, 무의식적으로 이데올로기 비판적인 작용을 하게 된다는 것이다. 텍스트는 자기 주인의 허위 의식을 폭로한다.

마셰리와 발리바의 입장에 대해서는 다음과 같은 비판적인 지적이 있을 수 있다. 1) 문학 텍스트가 동질적인 이데올로기나 세계상에 대한 표현이 아니며 현실 자체만큼이나 모순적이라는 그들의 생각은 정당하다고 할 수 있을 것이다. (마르크스와 그의 후계자들이 놀라운 열정을 가지고 밝혀냈듯이, 심지어 헤겔의 역사주의적 체계조차 수많은 모순들을 함축하고 있다.) 2) 반면에, 작가들이 항상 현실을 이데올로기적으로 치장하기 위해서 무의식적으로 (제도화된) 문학적 수단을 동원하며, 그러다가 결국 자기가 만든 텍스트에 의해 부정당하고 만다는 주장은 옳지 않다. 알튀세르주의자들은 너무나 빈번히, 이데올로기적 담화가 작가들에 의해 (프로이트적인 의미에서) 무의식적으로 가공된다는 가정에 의존한다. 이러한 가정이 암묵적으로 전제하는 것은 예술가가 이론가나 과학 자일 수 없다는 시민적 편견이다. 수많은 이데올로기적 술화 들이 상대화되고 아이러니컬하게 조명되는 무질의 소설 『특 성 없는 남자』를 굳이 예로 들지 않더라도, 작가의 비판적 의도가 분명히 드러나 있는 작품은 얼마든지 찾아볼 수 있 다. 발자크의 작품도 예외가 아니다. 발자크의 이데올로기 비판이 그가 의도하지 않은 부작용에 불과하다고 할 수는 없 다. 발자크는 몰락하는 귀족 계급의 무위도식을 의식적으로 비판한다. 그는 또한 모든 영역에서 관철되어가는 공리주의 의 파괴적인 영향을 의식적으로 묘사한다(예컨대 『잃어버린 환상』, 1840에서). 3) 마셰리 논문의 취약점은 다름아닌 그가 제시하는 중심 명제에 들어 있다. 이에 따르면, 문학이란 부 르주아 지배 이데올로기에 봉사하는 제도적 실천이다. 근대 사회에 하나의 '지배 이데올로기'가 존재한다는 것은 마르크 스가 『독일 이데올로기』에서 표명한 핵심적인 사상이지만, 오늘날 이를 계속 고수하기는 어려울 것이다. 『지배 이데올 로기 테제』(1981)에서 니콜라스 아버크롬비와 그의 공저자 들은, 지배 이데올로기가 피지배자들에 의해 언제나 받아들 여진 것은 결코 아니며 특히 근대 '경제 중심 사회'에 와서는 이데올로기의 약화 내지 분열 과정이 진행되기 시작했다는 점을 설득력 있게 논증한다. 그럼에도 불구하고 마셰리는

'지배 이데올로기 테제'를 계속 고집하는 까닭에(여기서 우리는 알튀세르주의자들의 정통파적인 면모를 확인할 수 있다), 작가의 비판적인 의도를 무시하게 되고 문학 텍스트의 특정한 이데올로기 비판적 측면을 파악하는 데 실패한다. 마셰리는 문학 텍스트가 의미론적·서술적 차원에서 이데올로기적 처리 방식에 대해 근본적인 의문을 제기한다는 점을 인식하지 못한다. 그의 관점에 따르면, 문학은 종교적 의식으로부터 해방된 이래 언제나 부르주아적인, 따라서 '이데올로기적'인 실천이었다. 4) 마지막으로 지적하고 싶은 사항은, 문학사회학은 이제 반영이라는 은유적 개념을 포기하고 문학(허구)과 사회 사이의 언어적 관계에 주목해야 한다는 점이다. 마셰리 (1979)는 이 문제를 그저 슬쩍 건드리고 지나갈 뿐이다. 문학사회학은, 예를 들어서 발자크가 농민의 언어를 왜곡시킨다거나 '부르주아화'시켜 묘사한다는 지적에 만족해서는 안 된다. 중요한 것은 어떤 집단 언어(사회어)와 술화가 소설의 구조, 즉 소설의 의미론적·서술적 세계를 결정짓고 있는가 하는 문제이다.

마셰리처럼 비헤겔주의적·아방가르드적 정신에 기반을 둔 아도르노는 예술 작품이 동질적인 세계를 구성한다거나 이데올로기 내지 세계관을 그대로 표현한다거나 하는 주장을 거부한다. '전체는 허위다'라는 아도르노의 반헤겔주의적 명제에는, '관리된 사회'가 그 전체에 있어서 거짓이며, 따라서 이 사회를 내재적으로 비판하려는 시도는 처음부터 실패할 운명에 놓여 있다는 생각이 깔려 있다. 이러한 이유에서 아도르노는 루카치나 골드만이 추구하는 사회적 제관계의 '총체적' 서술을 거부한다. '전형적인 것'도, '세계관'도 더이상 기존 질서를 넘어서는 전망을 보여줄 수 없다. 혁명적인 세력은 통합되었고 생산력과 생산 관계의 모순은 '관리' 대상이 되어버렸기 때문이다(아도르노, 1975: 10~11).

이러한 현실관은 문학사회학에 대해 다음과 같은 귀결을 갖는다. 1) 루카치가 문학 작품이 표현하는 이데올로기('민주주의적'·'전통주의적'·'반동적' 이데올로기 등등)를 추적하는 반면, 아도르노는 문학 작품이 이데올로기를 어떤 방식으로 처리하는지에 주목한다. 즉 문학 작품이 이데올로기에서 벗어나느냐 아니면 이데올로기를 긍정하느냐가 아도르노의 질문이다. 여기서 중요한 의미를 지니는 것은 문학 텍스트(예컨대 슈테판 게오르게의 시들)가 양가적일 수 있다는 생각, 문학 텍스트 속에 이데올로기적인 요소와 비판적인 요소들이 함께 기능할 수 있다는 생각이다. 2) 아도르노의 현실관은 문학이 집단적 이해 관계의 표현이라기보다는 (이데올로기적 허위 의식에 대한) 비판이라는 결론으로 이어진다. 문학이 '진보적' 집단 의식이나 '혁명적' 의식을 표현할 수 있다는 생각은, 사회경제적 모순이 기존 사회 체제 너머의 전망을 내포한다고 보는 역사주의적 술화(예컨대 루카치, 골드만의 술화)에서만 지탱될 수 있다. 그러나 아도르노의 비판 이론은 마르크스주의와는 달리 '미래가 막혀 있으며,' 현존하는 사회 체제가 닫혀 있는, 거짓된 총체성이라고 본다. 3) 비판적이고 혁명적인 의식이 설 자리를 잃은 총체성 속에서, 비판은——이론의 영역에서든 예술의 영역에서든——비동일성의 형태로서만 존속할 수 있다. 즉 비판은 기존의 실천 및 그 바탕에 깔려 있는 이데올로기와 어긋나는 지점에 자리잡는다. 여기서 마셰리와 아도르노 사이의 근본적인 차이점이 뚜렷이 드러난다. 마셰리는 부르주아 대 프롤레타리아라는 정통 마르크스주의의 이원론에 입각해서 예술을 부르주아 '국가 기구'에 소속된 이데올로기적 실천으로 파악한다. 반면에 아도르노에 따르면, 관리되는 사회에서는 '혁명적인 신념'조차 이데올로기에 지나지 않으며, 비판은 오직 이론이나 예술의 언어가 실천과 단절하는 경우에만 명맥을 유지할 수 있다.

슈테판 게오르게의 시에 대한 아도르노의 해설은, 골드만이 말하는 동질적인 현실 묘사와 동떨어진 양가적 문학 텍스트의 사례를 잘 보여준다. 아도르노는 게오르게 텍스트의 비판적 차원('진리 내용')을 드러내기 위해서 그 속에 혼재하는 이데올로기적 상투형과 "시적으로 아직 유효성을 상실하지 않은 언어 재료들"을 분리한다(아도르노, 1974: 48). 게오르게의 시는 게오르게 서클의 지배주의적 이데올로기로 환원될 수 없다. 그것은 형식적 기법들 덕택에 자신의 모태가 된 이데올로기로부터 떨어져나온다. "시를 순응주의로부터 지켜주는 것은 그 양식화 원칙이다"(아도르노, 1958: 100).

베케트의 『최종 게임』(1957)은 '데카당스'나 '실존주의'의 이데올로기를 표현하지 않으며, 골드만이 아도르노와의 대담에서 주장하는 것과는 달리, 이 작품을 어떤 하나의 개념체계로 환원시킨다는 것은 불가능하다(아도르노/골드만, 1973: 540). 베케트의 드라마는 후기자본주의 현실의 부정적인 측면을 부각시키고 현대의 일상을 지배하는 사물화와 유아기적 퇴행 현상을 다룸으로써, 일부 비평가들이 이 작품 속에 담겨 있다고 주장하는 이데올로기들, 즉 대중화된 '실존주의,' 영웅적인 개인주의, 비극적 세계관을 오히려 의심스럽게 만든다. "희화화되는 것은 실존주의 자체다. 실존주의Existenzialismus의 불변 요소들 가운데 남은 것이라고는 최저 생계비 Existenzminimum밖에 없다"(아도르노, 1961: 191) .

『최종 게임』에 대한 아도르노의 논문에 따르면 베케트의 텍스트는—카프카의 경우와 마찬가지로—사물화된 세계에 대해서 '있는 그대로' 말하고 있다. 베케트의 드라마는 오직 이런 의미에서만 현실을 반영한다고 할 수 있다. 카프카와 베케트의 텍스트들은 현실을 이데올로기화하는 데 대항하며, 현실을 의미 있게 만들려는 모든 시도가 헛된 것임을 드러낸다. 이데올로기적 수사법에 의해 체계적으로 삭제된 것, 즉 개인의 사물화와 그가 구사하는 언어의 사물화("파손의 결과," 아도르노, 1961: 197)가 여기서 백일하에 드러난다. 이런 점에서 카프카와 베케트는 리얼리즘적이다.

아도르노와 마셰리가 서로 상반되는 입장을 취하고 있다는 사실은 아도르노의 『미학 이론』에서 확연해진다. 여기서 아도르노는 예술이 모순적일 뿐만 아니라, 저항적 성격도 가지고 있음을 강조한다. 즉 예술은 사회 전체에 대항하고 있는 것으로 파악된다. "예술은 기존 사회 질서에 순응하여 '사회적으로 유용한' 자질을 획득하기보다는, 독자적인 존재로서 자기 자신의 영역을 구축한다. 이로써 예술은, 모든 종파의 청교도들이 예술의 존재에 대해 거부감을 갖고 있다는 사실에서 드러나듯이, 그저 그것이 존재한다는 사실만으로 사회에 대한 비판이 된다"(아도르노, 1970: 335).

물론 이에 대해서 마셰리라면 아마도 다음과 같이 반박할 것이다. 예술은 그 자체가 이미 (그 발생 과정을 관찰하건대) 부르주아적 제도이며, 아도르노가 옹호하는 형식적·예술적 기법(이를테면 혁신, 다의성, 낯설게 하기)이란 것도 모두 시민 사회가 낳은 자율성 개념에 기초하고 있는 것이라고. 이러한 문제에 대해서 아도르노는 유명한 「서정시와 사회에 대한 강연」에서 상론하고 있다. 그는 여기서 마셰리가 비난한 예술의 화해적 제스처에 대해서 자신의 입장을 표명한다: "위대한 예술 작품은 형상화에 그 본질이 있으며, 그것 때문에라도 현실적인 존재가 안고 있는 모순을 화해시키려는 경향을 보이게 됩니다. 그렇다고 해서 예술 작품을 이데올로기로 몰아붙이는 것은, 예술 작품 자체의 진리 내용에 대해 부당한 처사일 뿐만 아니라, 이데올로기 개념 자체의 왜곡이기도 합니다. 이데올로기 개념은, 모든 정신이 특수한 이해 관계를 보편적인 것인 양 치장하는 데 소용될 뿐이라는 주장을 함축하지 않습니다. 이데올로기 개념은 특정한 거짓된 정신의 정체를 폭로하고 이와 동시에 그 정신이 성립한 필연성을 포착하려고 할 따름입니다. 반면에 예술 작품의 위대성은, 이데올로기에 의해 숨겨진 것이 스스로 말하도록 만든다는 점에 있습니다"(1958: 77).

이 텍스트에는 알튀세르와 마셰리에 대한 기본적인 반대 입장이 뚜렷이 나타나 있다. 아도르노에 따르면, 문학을 부르주아적 제도의 맥락 속에서, 부르주아적 이데올로기의 한 요소로서 보는 관점은 문학에 대한 적절한 이해를 제공해주지 못한다. 문학의 위치는 일부 사회 비판적 이론의 경우와 유사하다. 마르크스의 철학이나 비판 이론은 모두 부르주아적 사유의 산물이지만 그럼에도 불구하고 부르주아적 사유의 한계를 넘어선다. 알튀세르의 마르크스주의는——비판 이론과 마찬가지로——대학이라는 부르주아적 제도가 없었다면 생겨나지 않았을 것이다. 하지만 단순히 그러한 사실만으로 알튀세르의 마르크스주의를 '부르주아적'이라고 낙인찍을 수는 없을 것이다. 아도르노는 예술의 양가적 성질에 대해 마르크스주의자들보다 더 많은 주의를 기울인다. 예술은 사회적 사실이지만 이와 동시에 자율적 존재이기도 하다. 예술은 부르주아적 이데올로기 속에 완전히 흡수되지 않는다. 마치 기독교가 봉건주의 안에 흡수될 수 없는 것처럼. 알튀세르주의자들은 예술을 단순히 제도와 이데올로기로 규정하는 바람에, 예술이 가지고 있는 비판적 잠재력을 기술할 뿐 설명하지는 못한다.

III. 교환가치와 사물화

이 두 개의 핵심 개념은 이 글 후반부에 가서 알베르 카뮈의 『이방인』에 대한 분석과 관련하여 중요하게 다루어질 것이기 때문에, 이 자리에서는 일단 골드만의 소설사회학과 『최종 게임』에 대한 아도르노의 논문에서 두 개념이 어떻게 사용되고 있는지만을 살펴보기로 한다. 나의 일차적인 목표는——여러 이데올로기 개념의 비판에서도 그랬듯이——교환가치, 사물화와 같은 기존 용어를 텍스트사회학에 효과적으로 응용하는 것이다. 즉 여기서는 교환가치에 의한 매개라는 현상을 사회언어학적 과정으로 기술할 수 있느냐가 문제의 관건이다.

소설의 발전 과정에 대한 골드만의 연구는 초기 루카치의 입장에 의거하고 있다. 그에 따르면, 소설에서는 주인공과 주변 세계 사이에 단절이 일어나며 이때 주인공은 진정한 '질적' 가치를 찾아나서는 존재로 파악될 수 있다.

이와 동시에 골드만은 루카치의 헤겔주의적 논리를 유물론적·사회학적 맥락에서 재해석한다. 그 결과 주인공과 세계의 단절이라는 문제는 루카치가 생각한 형이상학적 함의를 상실한 채, 다만 시장 사회의 발전이라는 맥락 속에서 설명되기에 이른다. 단절의 원인은 개인이 (현실에서든 허구 속에서든) 자기가 속한 사회의 감정적·윤리적·심미적·인식적 가치들과 직접적인 관련을 상실한 데 있으며, 그것은 다시, 이들 가치가 교환가치에 의해 매개된 형태로만 주어진다는 사실에서 기인한다. 시장 법칙이 지배하는 사회 질서 속에서 질적 가치는 잠재적인 상태로 존재할 뿐이다. 이에 따라서 질적 가치에 대한 인간 의식이 소멸되고, 주체와 대상의 관계가 추상화되기에 이른다. "시장 생산에 있어서 특징적인 것은 바로 이 관계가 사람들의 의식으로부터 사라져버린다는 점이다. 시장 생산 체제가 창조해낸 사물의 새로운 사회경제적 속성, 즉 교환가치의 매개를 통해서 주체와 대상의 관계는 잠재화된다"(골드만, 1970c: 26).

여기서 중요한 것은 교환가치에 의한 매개가 집단 의식의 약화를 초래한다는——기계적 연대성(가치 지향적 연대성)에서 유기적 연대성(기능적 연대성)으로의 이행에 관한 뒤르켐의 이론을 연상시키는——골드만의 생각이다. 교환가치가 질적인 가치(사용가치)를 몰아낸다면, 질적인 가치에 의존하고 있던 집단 의식 역시 추상화되는 운명을 면치 못할 것이다. 이 같은 이유에서 골드만은 세계관 개념(그의 주저 『숨은 신』에서 중심적인 의미를 가진 개념)이 소설 문학에는 적용될 수 없다고 주장한다. 소설은 어떤 특정한 가치 체계나 세계관을 표현하기보다는 진정한 가치('질적' 가치)의 추구 과정을 다루는 '저항적' 장르다. 최근 들어서 자크 레엔하르트(1981: 381)는 소설사회학이 세계관 개념을 포기해서는 안 된다는 견해를 피력한 바 있다. 골드만처럼 소설과 현실 사이의 매개적 심급인 세계관 개념을 포기할 경우 소설의 술화를 정치 경제의 술화로 환원시키는 기계적 반영 이론이 득세하게 될 것이라는 레엔하르트의 우려는 일리가 없지 않다.

나는 '세계관'이니 '반영'이니 하는 개념은 염두에도 두지 않고 있지만, 마르크스와 골드만의 교환가치 개념만큼은 중요한 의미가 있다고 생각한다. 그 이유는 1) 교환가치에 의한 매개가 근대 사회에서 심화되어가는 가치 위기를 초래한 요인이고, 2) 이러한 매개를 언어적(사회언어학적) 차원의 현상으로 서술하는 것이 가능하다는 데 있다. 이러한 서술은 사회적 '텍스트'(로트만이라면 '문화 텍스트'라고 말할 것이다)와 문학 텍스트 사이를 이어주는 다리가 될 것이다.

그것은 골드만식의 기계론적 입장을 피해가는 길을 제공

해준다. 골드만은 시장 사회 속에서 진정한 가치를 찾아 헤매나 실패하고 마는 문제적 개인을 소설 세계 속의 주인공과 직접 대응시킨다. 다시 말하면 현실에서의 가치 추구 행위가 소설 속에서 그 방식만 변경된 채 계속 진행되는 셈이다. 반면에 나의 입장에 따르면, 교환가치(매개)의 문제가 언어의 문제로서 문학의 영역에 침투하며 그 결과 의미론적·서술적 차원에서 텍스트의 위기를 일으킨다는 점을 밝힐 수 있을 것이다.

골드만이 사회 속의 개인이 처한 역사적 운명과 소설 주인공의 운명 사이에 유비 내지 상동 관계를 설정하는 데 반해, 나는 시민 사회의 성립 이래 교환가치에 의한 매개가 언어의 가치를 박탈하고 의미론적 대립을 무너뜨리며 개별 의미 단위들을 애매하게 만들어왔다는 가정에서 출발한다. 의미 단위들의 애매성은 결국 모든 가치 대립을 수상쩍게 만드는 극단적 양가성으로 이행한다.

소설 속의 양가성이라는 문제를 처음으로 본격적으로 다룬 사람은 아마 미하일 바흐친일 것이다. 그가 보기에 양가성은 사육제 행사를 구성하는 본질적인 요소로서, 세르반테스와 라블레 이래 소설 문학에(물론 다른 문학 장르에도) 수용되었다. "여기서 도스토예프스키는 환상적인 꿈의 논리를 동원한다. 그는 이러한 꿈의 논리 덕택에, 피살된 노파의 웃음이라는 형상을 창조할 수 있었다. 웃음과 죽음, 살인이 그 속에 결합되어 있다. 그런데 다름아닌 사육제의 양가적 논리 역시 그와 같은 결합을 가능하게 한다"(바흐친, 1969: 72). 문학의 발전과 사육제 사이의 관계에 대한 바흐친의 입장은 다음과 같은 구절에서 발견된다: "소설 『백치』에서는 사육제화 현상이 매우 두드러지게 드러나 있으며, 대단히 심오한 사육제적 세계 감정이 표출되고 있다(이는 부분적으로는 세르반테스의 『동 키호테』의 직접적인 영향에서 기인하는 것으로 볼 수 있다)"(같은 책: 78).

물론 사회 비판이자 '환기(換氣) 풍속'이었던 사육제가 중세말, 르네상스초의 문학에서(라블레, 세르반테스) 중요한 의미를 지녔을 개연성은 상당히 크다. 그러나 현대 소설의 사육제적 양가성이 사육제 행사로부터 직접 연유하는 것이라 할 수는 없다.

그것의 기원은 시장 법칙이다(시장 법칙은 물론 사육제에서도 어느 정도 중요한 의미를 지니고 있었다). 시장 법칙의 영향을 받는 것은 광고 언어, 상업 문학과 대중 매체의 언어뿐만이 아니다. 시장 법칙은 '문화 텍스트'를 구성하는 모든 가치 대립의 기반을 무너뜨린다. 마르크스는 아마도 이 사실을 인식한 최초의 인물일 것이다. 마르크스의 초기 저작에서 발견되는 화폐의 역할에 관한 서술은, 바흐친이 사육제 및 사육제화된 양가적 문학에 대해 지적한 것과 흡사하다. "화폐는 신의를 배신으로, 사랑을 미움으로, 미움을 사랑으로, 미덕을 악덕으로, 악덕을 미덕으로, 노예를 주인으로, 주인을 노예로, 헛소리를 이성적인 것으로, 이성적인 것을 헛소리로 돌변시킨다"(마르크스, 1971: 301).

교환가치의 매개 작용으로 인해서 이미 18세기, 19세기 소설에서 '사육제적' 성격을 띤 애매한 행동 · 인물 · 진술이 나타나기 시작한다. 예컨대 발자크의 소설 『잃어버린 환상』(1837~1839, 1843)은 특히 질(質) 개념의 중의성을 중요한 주제로 삼고 있다. 워닝(1975)은 디드로의 소설 『숙명론자 자크』(1796)에서 나타나는 중의성을 상세하게 분석해보인 바 있다.

그러나 의미론적 대립(가치 대립)의 기반이 근본적으로 흔들리기 시작한 것은 19세기말, 20세기초에 들어서부터이다. 니체, 무질, 프루스트, 카프카, 헤세, 사르트르 등의 텍스트에서는 발자크의 경우와는 달리 참과 거짓, 아름다움과 추함, 고귀함과 비속함을 더 이상 분명히 구분할 수 없게 된다. 여기 언급된 소설가들의 선구자라고 할 수 있는 니체는 『선악을 넘어서』에서 다음과 같이 언급하고 있다: "형이상학자의 근본적인 믿음은 가치의 대립에 대한 믿음이다"(니체 전집 4권, 1980: 568). 가치의 대립에 대한 믿음이 흔들리면서, 이 대립을 표현하는 언어 단위에 대한 믿음도 서서히 사라지게 된다. 이는 마르크스가 기술한 교환가치의 매개 작용(니체는 이 문제에 대해 침묵한다)으로 인해서 언어(술화)의 의미론적 기반이 파손되기 시작한 때문이다.

그러나 시장이 가치 및 언어 단위의 '가치 상실'을 가져온 유일한 요인이라고 할 수는 없다. 특히 단어의 가치 상실에 결정적인 기여를 한 것은 이데올로기적 술화다. 이데올로기적인 술화는 이원론적 신화로서, 가치의 위기에 대항하여 사회 집단을 특정한 정치적 목적에 동원하려고 한다. 그런데 이데올로기들은 가치 중립적 시장 법칙에 저항하는 과정에서 도리어——시장 법칙과 마찬가지로——단어의 양가성을 증대시키고 대립을 해소시켜버린다. 사르트르는 파랭에 대한 논문에서 이에 대한 명료한 인식을 보여주고 있다. "파랭이 연구한 언어는 언어 일반이 아니라 1940년의 언어다. 그것은 병든 단어들로 이루어진 언어로, 여기서 '평화'는 공격성을, '자유'는 억압을, '사회주의'는 사회적 불평등 체제를 의미한다"(1947: 236).

나는 사르트르, 모라비아, 카뮈에 대한 텍스트사회학적 연구를 통해서(1983), 이 같은 단어와 가치의 양가성이 실존주의 소설에 이르러 단어와 가치의 대체 가능성과 무차별성으로 이행한다는 점, 그리고 무차별성은 다시 언어 기호의 사물화로 귀결된다는 점을 밝히려고 시도한 바 있다. 사르트르는 퐁주에 대한 논문에서 언어 기호의 사물화 문제를 상세히 검토한다. 사르트르가 보여준 바에 따르면, 퐁주의 글은 단어들을 무의미하게 만든다. 의미를 상실한 채 단순한 음성적 단위가 된 단어들은 자연 대상에 가까워진다. 단어들은 돌이나 조개 따위와 마찬가지다. 베케트의 『최종 게임』(1957)에서 핵심적인 의미를 가진 문제가 사르트르의 논문에서도 제기된다. 단어들의 대체 가능성과 무차별성으로 인해서 결국 '말하기'가 '무의미한 잡소리'로 전락해버리는 것은 아닐까? "우리는 우리가 경멸하는 '불순한 입들'에 의해 시작된 움직임을 더 진행시키고 있는 것은 아닐까? 우리는 단어들 본래의 의미를 단어 밖으로 몰아내고 있는 것은 아닌가? 그렇다면 결국 우리는 모든 이름의 가치가 완전히 동일해져버린 끔찍한 세계 속에서 계속 말하기를 강요받게 될지도 모른다"(1978: 111).

골드만은 교환가치에 의한 매개와 사물화의 문제를 실존의 문제로 이해하면서 누보 로망에서 '개인'이 수동적 관찰자 내지 사건의 객체로 등장한다는 점을 밝히려고 한다. 이와는 달리, 아도르노는 베케트의 『최종 게임』에 관한 중요한 논문에서 사물화를 언어의 문제로 보고, 이를 유아기로의 퇴행과 연관시키고 있다. 나는 『이방인』을 분석하면서 이 같은 아도르노의 관점을 따를 것이다. 나는 누보 로망(예컨대 로브-그리예의 『질투』) 역시 사물화된 사회의 '반영'이라기보다는 매개와 이데올로기적 갈등으로 손상된, 무차별해진 언어와의 대결로 파악하는 편이 더 적절하다고 생각한다.

이때 간과해서는 안 될 사항은, 양가성·무차별성·사물

화 등의 문제에 대한 연구가 어휘의 차원에만 머물러 있어서는 안 된다는 점이다. 아도르노의 논문은 이 같은 약점을 나타내고 있다. 중요한 것은 의미론적 차원에서의 분석이다. 의미론적 차원은 텍스트의 기반을 형성하며, 텍스트의 서술적 진행을 이해하게 해준다. 이러한 관점에서 베케트의 『최종 게임』을 분석해본다면, 이 텍스트 속에서 의미론적 대립(이를테면 삶/죽음의 대립)이 무차별해진다는 점, 이러한 무차별성으로 인해 어휘의 가치가 소멸하고, 그 결과 아도르노가 지적한 공허한 수사법이 생겨난다는 점을 밝혀볼 수 있을 것이다. 텍스트사회학은 이러한 문제들까지 다루어야지, 단순히 '어휘' 분석이나 '문체론' 수준에 머물러서는 안 된다.

3. 텍스트사회학의 구상

나는 앞 절에서 매개 및 이데올로기적 갈등의 문제와 관련해서 애매성에서 양가성을 거쳐 무차별성(사물화)으로 이어지는 과정을 간략히 서술하였다. 이러한 이행의 문제는 이론적 문맥 속에서도 어느 정도 중요성을 지닌다. 특히 텍스트사회학의 출발점을 이루는 가치 판단에 대해 반성하고 그 근거를 마련해야 할 경우에 그러하다.

뤼겐의 경험적 문학사회학(뤼겐, 1964: 41)이 막스 베버가 요구한 가치 중립성의 이상에 따라 사회학적인 술화 속에서 모든 가치 판단을 제거하려고 시도하는 반면, 텍스트사회학은 대상(텍스트라는 사회언어학적 대상은 동시에 주체이기도 하다)에 대해 비판적인 태도를 견지하고자 한다. 이는 다음 두 가지 의미를 지닌다: 1) 텍스트사회학은 하나의 문학 텍스트 안에서 이데올로기적인 요소와 이데올로기 비판적 요소를 분별하려고 노력한다. 2) 텍스트사회학은 이용 가능한 비판적 잠재력을 지닌 문학 텍스트를 자신의 지향점으로 삼는다.

텍스트사회학은 다른 변증법적 이론들과 함께 이론적인 메타텍스트와 문학적인 대상 텍스트를 분리시키는 실증주의적 입장을 거부한다. 바흐친, 아도르노, 골드만의 이론과 마찬가지로, 텍스트사회학 역시 특정한 문학적 모델을 출발점으로 자신의 술화를 구축한다. 그렇다고 해서 텍스트사회학이 맹목적으로 자기 자신과 대상을 동일시한다는 얘기는 결코 아니다. 오히려 텍스트사회학은 대상을 문제시하는 가운데 자기 자신에 대해 비판적으로 반성하는 법을 터득한다. 바흐친 역시 이와 비슷한 생각을 했다. 그는 도스토예프스키의 다성적인 소설을 바탕으로 대화적인 언어 및 술화 이론을 구상한다. 또한 아도르노가 『미학 이론』을 쓸 때 모범으로 삼은 것은 휠덜린의 '론도적인' 병렬적 글쓰기 방식이었다. 골드만 이론의 출발점은 칸트, 파스칼, 라신의 비극적인 세계상이다. 골드만은 이들의 작품 속에 변증법적 사유의 맹아가 담겨 있다고 본다.

모든 가치 판단이 이데올로기적이고 상업적인 수사법에 오염되어 의심스럽게 된 사회 속에서 이런 식의 주장을 편다는 것은 시대 착오라고 생각될는지도 모르겠다. 양화 가능성, 가치 중립성, 주체간 검증 가능성 등과 같은 과학주의적 이상을 따르는 사람들에게 내 얘기는 낯설게만 들릴 것이다.

그것은 그들이 과학주의적 이상의 역사적·사회언어학적 생성 배경에 대해 비판적으로 반성하지 않기 때문이다. 그들은 가치 중립성이라는 기준이 앞 절에서 논의된 무차별성과 교환가치의 한 측면이라는 점을 생각하지 않는다. 발전된 시장 사회에서는 모든 질적 가치(윤리적·미학적·정치적 가치)가 교환가치의 매개와 이데올로기적 갈등으로 인해 신뢰성을 상실하고, 오직 교환가치만이 사회 구성원 전체가 함께 인정하는 가치/비가치로 남는다. 가치 중립성의 개념은 이러한 시장 사회의 발전이 낳은 산물이다. 그러나 가치 중립성의 이상은 환상에 지나지 않는다. 모든 술화는 특정한 개념과 분류법을 기반으로 하며, 특정한 (한 가지 가능한) 방식으로 대상을 구성하게 마련이다. 이 과정에서 이미 술화는 현실을 평가하게 된다. 중요한 문제는, 술화의 주체가 자기 술화의 의미론적·서술적 처리 과정에 내재한 가치 판단에 대해 얼마나 분명한 의식을 가지고 있느냐 하는 점이다.

주체간 검증 가능성의 공준에서도 이와 유사한 문제점을

확인할 수 있다. 이 공준은 모든 과학적 진술이 합의 가능한 것이라는 환상에 기초를 두고 있는데, 이러한 생각 역시 교환가치의 무차별성을 배경으로 성립한 것이다. 주체간 검증 가능성의 공준은 자연과학뿐만 아니라 사회과학에서도 일반적으로 인정되는 하나의 과학 개념이 존재함을 전제한다. 따라서 과학적 진술의 검증은 순전히 형식적인(형식 논리적인) 기준만으로도 충분히 가능하다. 그러나 이러한 생각은 옳다고 할 수 없다. 루이 알튀세르의 과학 개념은 한스 알베르트나 칼 포퍼의 과학 개념과 근본적으로 다르다. 역시 마르크스주의의 입장에 서 있는 앙리 르페브르나 골드만조차 알튀세르와는 전혀 다른 과학 개념을 가지고 있다(골드만, 1981).

여기서 다음과 같은 결론이 도출된다: 1) 과학에 관한 상이한(모순되는) 관념에서 유래한 과학적 진술들은 서로 비교될 수 있을지는 모르지만 주체간 검증의 대상이 되지는 않는다. 2) '잉여가치' '동위체' '인식론적 단절' '계급 의식' 같은 과학적 개념들은 그저 특정한 과학자 집단 내부에서나 통용될 수 있을 뿐, 술화들 사이에서, 즉 집단이나 사회어들 사이에서 동의를 얻을 수 있는 개념은 아니다. 물론 동위체 개념에 대한 그레마스의 진술이 형식 논리적인 관점에서 옳다는 데 두 명의 과학자가 동의한다고 하더라도, 둘 중 누구 하나라도 동위체 개념의 '비과학적'이고 '이데올로기적'인 성격에 대해 의문을 제기하고 나온다면 그 같은 형식 논리적인 합의는 별 의미를 지니지 못하게 된다(베르다스동크, 1981: 479 참조).

텍스트사회학의 지향점은 무차별성과 사물화 경향을 나타 내는 이론 및 허구 텍스트들(예컨대 카뮈의 『이방인』이나 일부 누보 로망)에 있지 않다. 그렇다고 해서 이데올로기적인 이분법과 이원론에 따라 축조된 텍스트(이를테면 '사회주의 리얼리즘'의 텍스트들)가 텍스트사회학의 모델이 될 수도 없다.

텍스트사회학이 모범으로 삼는 것은 모든 사회적·심리적 현상의 양가성을 고려하면서 바로 이러한 양가성을 주요 테마로 부각시킨 문예사조이다. 텍스트사회학은 무질, 카프카, 프루스트, 지드, 도스토예프스키 등이 창조한 에세이적이고 반어와 역설로 점철된 술화 속에서, 이데올로기의 완고한 이원론과 현대 과학주의의 무차별성을 동시에 피해가는 사유를 발견한다. 이러한 사유의 특징은, 비판 이론과 마찬가지로, 특정한 역사적 가치(자유·자율성·대화 등등)를 출발점으로 하면서도 그러한 가치가 지닌 이데올로기적 요소에 대해 의문을 제기한다는 점에 있다. 이 사유는——마르쿠제가 그랬듯이——리버럴한 개인주의에 토대를 두면서 동시에 그 속에 함유된 파시스트적(비합리적) 요소를 폭로한다. 이 사유는 켈러의 작품을 "온정주의"(뢰벤탈)나 "원초적인 스위스 민주주의"(루카치)로 환원시키는 데 반대하며, 오히려 켈러 작품의 양가성 속에서 진리를 찾으려 한다. 그것은 또한 대립자의 통일성을 주장하지만, 그렇다고 헤겔적인 방식으로 대립의 지양을 통한 종합을 추구하지는 않는다. 현상(그리고 현실 전체)의 양가성을 수용하는 이러한 사유는 양가성을 단일한 의미로 환원시켜버리는 체계에 저항하고, 개방적인 태도로 대화에 참여하며, 다른 술화들 역시 같은 현실에 대해 발언할 동등한 권한이 있음을 인정한다.

이 사유는 합리적이고 비판적인 과학 개념을 추구하지만, 과학의 발전에 대한 무질의 반어적인(사육제적인) 논평을 잊지 않을 것이다. "그러나 과학에서는 지금까지 오류로 여겨졌던 것이 갑자기 모든 다른 관념을 뒤집어놓는다든지, 하찮은 것으로 무시되던 생각이 새로운 사고의 영역을 지배하게 된다든지 하는 일들이 수년마다 한 번씩 일어난다"(무질 전집 1, 1978: 40).

I. 사회언어학적 상황

이하에서 제시되는 사회언어학적 상황, 사회어, 술화, 텍스트간 관련성의 개념에 대한 서술은 일반성과 특수성을 동시에 지니고 있다. 먼저 각 개념에 대한 일반적인 이론적 고찰이 선행되고, 그때마다 카뮈의 소설 『이방인』이 각각의 맥락에서 조명될 것이기 때문이다. 그리고 논문 마지막 부분에 가서는 이 소설에 대한 모델 분석이 이루어진다.

'사회언어학적 상황'의 개념은 너무 일반적이라는 점에서 문제가 없지 않다. 한 시대 일반의 언어 상황을 포괄적으로 서술하려 한다면, '사회언어학적 상황'이라는 개념의 의미 있는 활용은 불가능하다. 이 개념은 한 작가, 또는 일단의 작가들이 당면한 언어 문제를 사회적 맥락에서 이해하는 데 유용하게 쓰일 수 있다. 따라서 사회언어학적 상황의 연구는 다음 단계에 가서 사회어(들)에 대한 고찰로 연결되지 않을 수 없다. 사회어는 문학 텍스트에서 특히 중요한 의미를 지닌다.

나는 앞서 르네 발리바의 이론적 입장을 설명하면서 그 역시 『이방인』 같은 소설의 분석('허구의 프랑스어')을 위해서 사회언어학적(제도적) 언어 상황을 가정하고 있음을 지적한 바 있다. 그러나 카뮈가 당면한 언어 상황에 대한 나의 서술은 발리바가 생각한 것과는 전혀 다른 전제에 기초하고 있기 때문에 그 결론 역시 전혀 달라질 수밖에 없다. 이러한 사실은 문예학을 토마스 쿤이 말하는 '정상 과학'으로 끌어올리고자 하는 사람들의 눈에는 대단히 유감스러운 사태로 비칠 것이다. 그러나 문예학이 정상 과학이 될 수 있다고 믿는 사람들이 간과하는 것은, 발리바의 술화가 알튀세르의 이데올로기 비판을 기반으로 하고 있으며 이 때문에 텍스트사회학의 술화와는 근본적으로 구별된다는 사실이다. 발리바의 술화와 텍스트사회학의 술화는 '언어 상황'이라는 대상을 서로 다르게 구성한다. 텍스트사회학은 발리바의 술화와는 다른 유관성 기준을 가지고 작업하며, 알튀세르의 이론에 깔려 있는 특정한 의미론적 대립(이데올로기/과학, 부르주아/프롤레타리아 등등)을 받아들이지 않기 때문이다.

바로 이런 이유 때문에, 디트리히 하르트가 본서(『문학의 인식』, p. 263)에서 제기한 다음 질문은 대답될 수가 없는 것이다. "어떻게 하면 통합적인 이론의 관점에서 〔……〕 작품과 사회적 실천의 매개 관계를 파악할 수 있을까?" 하르트는 이어서 다음과 같이 말한다: "언급된 모든 이론들은 특정한 사례를 가지고 작업할 수밖에 없으며, 이들이 구사하는 개념은 대상의 역사적 특수성에 영향받고 있다." 이것은 의심의 여지없이 옳은 얘기다. 또한 문학사회학이 '예술'이나 '문학'과 같은 미학적 개념의 사회역사적인 매개성에 관심을 기울여야 한다는 하르트의 요구 역시 정당한 것이다.

이상의 고찰에 의거해서 나는 다음과 같이 제안한다. 이론은 미학적 용어들의 역사적 위상에 대해 성찰해야 할 뿐만 아니라 이론 자신이 구사하는 개념 장치의 역사적 생성 배경 및 사회적 의미에 대해서도 반성해야 한다. 그런데 이러한 성찰과 반성을 위해서는, 양립할 수 없는 사회적 이해 관계를 대변하는 이론 및 문학적 술화들이 종종 충돌을 일으키는 사회언어학적 상황이 우선 기술되지 않으면 안 된다.

그러나 '사회언어학적 상황'이라는 개념 자체가 이미 '전사(前史)'를 지니고 있다. 르네상스 시대 '언어 상황'에 대한 바흐친의 서술과, 소쉬르가 내세운 공시적 · 합리주의적 언어 체계론에 대한 바흐친/볼로시노프의 비판이 이 개념의 모태를 이룬다.

소쉬르에 따르면 랑그의 체계는 정적이고 비역사적인 통일체로서 객관적으로 주어진 차이와 규칙들로 이루어져 있다. 이 점에서 랑그는 주관적인 파롤과 대립된다. 그러나 바흐친과 볼로시노프의 생각은 이와 다르다. 그들은 언어 체계가 역동적이고 역사적인 성격을 지니고 있으며 이데올로기적 갈등이 언어 체계의 발전에 결정적인 영향을 미친다고 가정한다. 우리가 일상 속에서 늘 마주치는 단어와 진술들은 결코 중립적인 문법 단위가 아니라 구체적인 사회적 이해 관계의 표현이다. 진술의 주체는, 소쉬르의 데카르트주의적 언어학 속에서는 파롤을 생산하는 추상적이고 고립된 개인이지만, 바흐친과 볼로시노프에게는 특정한 이해 관계를 표현하는 집단으로 나타난다. "따라서 공시적 체계는 객관적인 관점에서 볼 때 역사적 생성 과정의 어떤 실제 요인과도 일치하지 않는다." 또한 다음 구절을 보라. "사실상 말하는 사람이 언어 형식을 접하는 것은 〔……〕 오직 특정한 진술들의 맥락 속에서뿐이다. 다시 말하면 언어 형식은 특정한 이데올로기적 맥락 속에서만 나타난다. 우리가 현실 속에서 말하고 듣는 것은 단순히 단어들이 아니라, 진실, 거짓말, 좋은 것, 나쁜 것, 유쾌한 것, 불쾌한 것 등등이다. 단어는 언제나 이데올로기적인, 또는 삶에서 얻어진 내용과 의미들로 가득 채워져 있다"(바흐친/볼로시노프, 1975: 120, 126).

『마르크스주의와 언어철학』(레닌그라드, 1929)에서 인용한 이상의 구절은 파랭의 언어철학에 대한 사르트르의 논평과 유사하다. 사르트르 역시 언어를 순전히 형식적인 측면에서 파악하는 입장을 거부하면서, 형식적 언어학에서 탐구하는 언어란 실제로 사용되는 것과는 무관한 상태의 언어임을 비판한다. 언어학자는 죽은 단어들만을 다룬다. "죽은 단어, 죽은 개념들, '자유'라는 단어는 그저 텍스트에서 따온 모습 그대로일 뿐이다. 그것은 지금 분노하고 열광하는 사람들의 입에서 울리는 단어, 살아 있는, 감격적인, 혼란을 일으키는, 시들어가는 단어가 아니다"(사르트르, 1947: 234).

카뮈 역시 사르트르와 마찬가지로, 교환가치에 의한 매개와 이데올로기적 대결이 개인과 집단의 언어 의식에 결정적인 영향을 미친 언어 상황과 대면한다. 이 두 가지 요인으로 인해 단어 기호의 가치가 하락하고 언어 위기가 심화된다.

앞에서 보았듯이 사르트르는 '병든 단어'에 대해 얘기하면서 이를 이데올로기에 의한 언어 남용과 연결시킨다. 카뮈 또한 언어 체계의 몰락에 대해 매개와 이데올로기적 조작이 어떤 의미를 가지는지 탐구한다. '스웨덴 토론'(1957년 12월 14일의 회의)에서 그는 "장사꾼들의 사회 société des mar-chands," 돈의 사회에서 "단어들의 매춘"이 성행한다고 말한다(『에세이』, 1965: 1082). 카뮈가 주목하는 또 한 가지 문제는 이데올로기적 수사법의 파괴적 영향이다. 이데올로기가 동원하는 흑백 논리적 수사법은 본래 의도와는 정반대 효과를 가져온다. 이데올로기는 흑백 논리를 통해 특정한 대립과 가치 판단의 정당성을 대중에게 설득하려 하지만, 그러는 와중에서 언어 기호의 양가성만 증폭시킨다. 공산주의자들이 사회주의자들을 공격하기 위해 만들어낸 '사회파시즘' 같은 단어가 좋은 사례다. 이 단어 속에는 사회주의와 파시즘이 하나로 통합되어 있다. 이렇게 해서 이데올로기적 수사법은 양립할 수 없는 단어들이 교환 가능한 무차별한 단위로 변해가는 경향을 심화시킨다. 언어를 파괴시킨 것은 초현실주의자들의 언어 실험이 아니라 그들이 부분적으로 활용한 정치적 구호와 슬로건이다. "우리는 당시 경찰 혁명의 어휘인 '사보타주' '밀고자' 등과 같은 낯선 단어들 앞에서 놀라게 된다. 그러나 이들 광신자들은 '어떤' 혁명을, 그들이 마지못해 살아가고 있는 장사치와 타협의 세계에서 벗어나게 해줄 그 무언가를 원했던 것이다. 〔……〕 초현실주의자들이 그토록 환영했던 언어의 파괴를 초래한 것은 실은 맥락 없는 단어의 나열이나 자동 기술법이 아니라 정치 구호였다"(카뮈, 1953, 1969: 79).

　이 인용문은 교환가치(시장 법칙)와 이데올로기 사이의 상호 관계를 명백히 보여주고 있다. 초현실주의자들은 상업화된 세계로부터('장사치와 타협의 세계로부터') 탈출하기 위해서 이원론적이고 타협을 알지 못하는 이데올로기적 술화로 도피해갔다. 이러한 맥락에서 앙드레 브르통 스스로 당면한 사회언어학적 상황에 대해 내린 진단은 중요한 의미를 지닌다. 그는 '초현실주의의 정치적 입장'에서 다음과 같이 적고 있다: "문제되는 것은 오용된 모든 지적 가치, 파산한 모든 도덕적 이념, 부패에 의해 파괴되고 왜곡된 인생의 모든 선행이다. 돈의 때가 모든 것을 뒤덮어버렸다. 조국·정의·의무 같은 단어들의 의미는 우리에게 생소한 것이 되었다"(1972: 23).

물론 『이방인』에서 사용되는 '복합 과거'의 의미를 해명하는 데는 학교 제도 속에 정착된 술화의 분석이 필수적일지도 모른다. 필경 그럴 것이다. 그러나 이러한 분석만을 가지고는 소설의 가장 중요한 측면 가운데 하나인 **무차별성**을 제대로 조명할 수가 없다. 언어 단위의 무차별성은 소설 화자의 말 속에서 적나라하게 드러난다. "그러자 그녀는 내가 자기를 사랑하는지 알고 싶어했다. 나는 그전에 대답했던 대로, 그런 문제는 전혀 중요치 않은 것이지만, 어쨌든 내가 너를 사랑하지 않는다는 데는 의심의 여지가 없다고 말했다"(카뮈, 1961: 44).

소설의 화자이자 주인공인 뫼르소가 죄/무죄, 사랑/증오와 같은 의미론적 대립에 대해 취하는 무관심한 태도를 이해하기 위해서는, 상인과 이념가들의 오용으로 인해 언어가 의미 작용을 멈추고 분류법이 파괴되며 단어들이 대체 가능해진 사회언어학적 상황을 고려하지 않으면 안 된다.

II. 사회어와 술화

그러나 카뮈 소설에 대한 텍스트사회학적 분석은 허구의 세계와 한 시대의 언어 상황을 결부시키는 데 머물러서는 안 된다. 왜냐하면 일상의 상업화, 이데올로기적 갈등의 증폭, 그리고 이로부터 초래된 언어 위기를 체험한 것은 카뮈뿐만이 아니기 때문이다. 그것은 카뮈 외에도 브르통, 사르트르, 모리악처럼 아주 다른 성향의 작가들이 겪은 공동의 체험이다. 따라서 이들의 글쓰기 방식이나 주제가 보여주는 특수성은 단순히 사회언어학적 상황에 의해 설명될 수 없는 것이다. 지금 논의한 사회언어학적 상황은 르네 발리바가 제시한 '초등학교'와 '중·고등학교'의 대립만큼이나 일반적이고 추상적이다. 이 대립 역시 거의 모든 작가들이 몸소 경험한 것이라서, 그들 텍스트의 특이한 측면을 설명하는 데는 적합하지 못하다.

텍스트의 특수성을 파악하기 위해서는 작가의 심리적인 문제와 아울러(지마, 1980b: 제4장 참조), 작가가 지향하는 언어 형식, 작가가 긍정적 혹은 부정적으로 가공하는 언어 형식의 특수성을 탐구해야 한다. 다시 말하면 특정한 시기에

한 사회 속에 공존하면서 서로 경쟁하는 수많은 집단 언어들이 작가에 의해 어떻게 받아들여지고 가공되는지를 탐구해야 한다는 것이다. 앞에서 서술한 사회언어학적 상황은 이러한 집단 언어들의 상호 작용이 만들어내는 전체로 파악될 수 있다.

나는 그레마스에 의거해서 이러한 집단 언어를 사회어 sociolect라고 명명하겠다. 다만 사회어에 대한 그레마스의 정의가 비역사적이고 기능주의적인 데 반해(그는 이 개념을 지위·기능·역할 등의 개념과 관련지어 정의한다[1976a: 54]), 내가 말하는 사회어는 오히려 바흐친과 볼로시노프가 제기한 언어 체계의 역사적 이론과 밀접한 관련을 지닌다. 그레마스 역시 쿠르테스와 함께 펴낸 기호학 사전에서(『기호학: 언어 이론 사전』, 1979: 354) 사회어를 단순히 기능주의적으로 정의하는 데 만족하지 않는 것처럼 보인다. 그레마스와 쿠르테스는 집단적인 '기호학적 행위 faire sémiotique'('개인어,' 즉 '개인적 언어 습관'의 반대말)를 계층이나 집단뿐만 아니라 계급 개념과도 결부시키면서 (바흐친, 볼로시노프처럼) 사회 갈등의 측면과 지배/피지배의 문제를 고려하고 있다.

위의 기호학 사전에서 사회어는 다음과 같이 정의되고 있다: "〔……〕 사회어는 사회적 분류법으로 구성되며, 이 분류법이 사회적인 술화의 기반을 형성한다"(그레마스/쿠르테스, 1979: 354). 내가 보기에 이 같은 부분적 정의는 만족스럽지 못한 것 같다. 여기에는 사회어, 분류법, 술화 사이에 어떤 관계가 있는지 구체적으로 드러나 있지 않기 때문이다. 이 관계를 가능한 한 명확하게 해명해두는 것이 다음의 과제이다.

일차적으로 우리는 다양한 사회 집단들이 서로 다른 어휘를 구사한다고 가정할 수 있다. 그렇다면 이들 집단을 어휘목록의 차원에서 구별하는 것이 가능하다. 어떤 단어를 선택하느냐의 문제는 종종 집단적 이해 관계의 문제에 직접 연결되어 있다. "계급 투쟁 전체는 경우에 따라 단어들간의 투쟁으로 환원시킬 수 있다"(페세, 1975: 194). 이러한 페세의 주장은 지나친 단순화이고 과장이다. 그러나 그것은 유용한 과장이다. 여기서 페세가 강조하는 것은, '독창적' '일류' '과학적' '리얼리즘' '문학'과 같은 단어들이 결코 중립적이지 않으며('정의' '사회주의' '민주주의' 같은 거창한 단어는 고사하고라도), 이들 단어의 선택 속에 이데올로기적 의미가 함축되어 있다는 사실이다.

이 같은 이데올로기적 결단은 단순히 개별 단어들을 선택하는 문제로 한정되지 않고, 의미론적 분류법의 차원에서 또다른 선택을 초래한다. 예를 들어서 '후기자본주의'라는 단어를 사용하는 사람은, (대개 의식적으로) 봉건주의/자본주의/사회주의와 같은 의미론적 대립을 끌어들이고 있는 셈이다. 그리고 이때 관료주의/카리스마, 기독교도/이교도, 아리아족/비(非)아리아족 같은 여타의 의미론적 대립은 배제된다.

특수한 의미론적 대립과 차이를 승인한다는 것은 여기에 부속되는 다른 수많은 대립과 차이들(이를테면 부르주아/프롤레타리아, 혁명적/반동적 등)의 타당성을 인정한다는 뜻이고, 결국 하나의 분류법 전체를 받아들인다는 뜻이다. 그런데 이처럼 특정한 분류법은 개개인의 삶을 위한 길잡이일 뿐만 아니라, 특수한 집단 이해 관계의 표현이기도 하다. 바로 이러한 집단의 이해 관계에 따라서 어떤 차이나 대립이 유관한지 무관한지(프리에또, 1975가 말하는 '유관성 pertinence')가 결정되는 것이다. 특정한 유관성 기준에 따라서 분류법이 수립되는 과정에서도 집단의 이해 관계는 결정적인 영향력을 지닌다.

크레스와 호지의 중요한 저서 『이데올로기로서의 언어』에서는 분류법의 집단적 성격에 대해 다음과 같이 언급되어 있다: "그러나 분류 체계가 한 사회 전체에 걸쳐 유효한 것은 아니다. 상이한 집단들은 상이한 분류 체계를 가지고 있다. 비록 그 차이가 그렇게 크지 않을지는 모르겠지만"(1979: 63).

때로 그 차이는 엄청나게 클 수도 있다. 분류 행위("faire taxinomique," 그레마스)의 결과, 양립 불가능한 의미론적 대립과 차이로 이루어진 상이한 약호들간의 대립이 드물지 않게 발생한다. 독일 실존주의에 대한 비판에서 아도르노가 '본래적인/본래적이지 않은'이라는 대립을 거부할 때, 그는 언론 매체를 통해 대중화된 실존주의 언어('본래성의 은어')

의 약호 전체를, 그리고 그 약호가 진술 주체에게 허용하는 현실에 대한 특수한 시각까지도 거부하고 있는 것이다(아도르노, 1964 참조).

분류 행위의 산물인 약호는 단순히 여러 대립들의 집합체로 이해되어서는 안 된다. 모든 대립은 동시에 의미론적 구조들간의, 다시 말해서 동위체간의 대립이기도 하기 때문이다. 예컨대 실존주의적 사회어에서 '본래성'이라는 단어는 '배려' '내던져짐' '결단' '존재' 등등의 단어와 아울러 하나의 의미론적 통일체를 형성하며, 이에 대립되는 '비본래성'의 동위체에는 '타락' '호기심' '애매성' '사람 man'과 같은 단어들(의미소들)이 귀속된다(아무튼 하이데거 자신은 두번째 계열의 개념에 아무런 '부정적 가치 판단'도 함축되어 있지 않다고 주장하고 있다).[1]

이 같은 의미론적 고찰은 어떻게 하나의 술화(문장 단위를 넘어서는 서술 구조)가 성립하는지 이해하는 데 중요한 의미를 지닌다. 술화는 진술 주체가 특정한 집단의 규범에 입각해서, 즉 특정한 유관성 기준에 입각해서 어떤 '분류 행위'와 약호를 선택할 것을 전제한다. 왜냐하면 현실을 이야기하는

---

1) 그레마스의 동위체 개념을 아주 간략하게 정의하면, 한 텍스트 내에서 일어나는 의소의 반복 내지 잉여성이라고 할 수 있다. 동위체가 성립하기 위해서는 적어도 두 개의 의미소——텍스트 속에서 사용된 단어——가 동일한 의소(분류소)를 공유하고 있어야 한다.

것은(술화를 통해 제시하는 것은) 진술 행위의 주체가 뚜렷한 의미론적 대립(그것은 앞에서 보았듯이 동위체의 대립으로 이어진다)에 일정한 행역자(행동의 주체)를 배치함으로써 비로소 가능해지기 때문이다.

이데올로기 개념에 대한 논의가 이미 보여주었듯이, 1차 세계 대전의 발발과 같은 정치적 사건도 역사가에 따라 다르게 '이야기'된다(그리고 그때마다 '1차 세계 대전'이라는 대상은 다른 모습으로 나타난다). 이 같은 차이가 생겨나는 것은, 역사가들이 저마다 다른 의미론적 대립에 의존하고 있기 때문이다. 어떤 역사가는 게르만/슬라브라는 대립을 기점으로 삼으면서 각 대립항에 민족-행역자(예컨대 오스트리아와 세르비아)를 배치하는 반면, 어떤 역사가는 자본주의/사회주의의 대립이 유관하다고 보고 '역사'를 부르주아 계급과 프롤레타리아 계급이라는 두 집단 행역자 사이의 대결로 파악한다. (물론 이처럼 기초적인 이분법뿐만 아니라 수많은 부차적 대립과 차이들 역시 중요한 의미를 지닌다. 그것은 동위체 내지 하위 동위체간의 대립으로 연결되며, 결국 술화 표면의 어휘 속에서 그 모습을 드러낸다.)

이상의 고찰은 카뮈의 텍스트에 대해 어떤 의미를 지니는가? 이미 사회언어학적 상황에 대해 논의하는 과정에서 드러났듯이, 언어의 위기와 이 위기로부터 초래된 무차별성은 카뮈의 소설 속에서 모든 의미론적(가치 평가적) 대립과 차이가 흐트러지는 것으로 귀결된다.

카뮈에게서 이러한 무차별성은 특히 기독교 휴머니즘의 사회어와 대립하고 있다. 그는 소설뿐만 아니라 이론적인 저술을 통해서 ——텍스트간 차원에서—— 이 사회어와 대결한다. 여기서 중요한 것은 카뮈의 작품 속에서 (시민적) 기독교가 술화적 구조를 지닌 언어 현상으로, 즉 '이야기'로 파악, 비판되고 있다는 사실이다. "기독교가 자기 주인이 전한 복음에 대해 자행한 근본적인 왜곡은 무엇인가? 그것은 예수의 가르침과는 거리가 먼 심판의 관념, 여기서 도출되는 징벌과 보상의 관념에 있다. 이러한 왜곡의 순간부터 자연은 역사, 의미심장한 역사가 된다. 인류 전체라는 이념이 여기서 태어난다. 복음에서 최후의 심판에 이르기까지, 미리 씌어진 이야기의 노골적인 도덕적 의도에 순응하는 것만이 인류가 수행해야 할 과업이 된다. 유일한 차이점이라면, 행동하는 인물들이 마지막에 선과 악으로 갈라진다는 것뿐이다"(카뮈, 1965: 478).

(니체의 영향을 입은) 카뮈의 비판은 기독교 사회어가 지닌 다음 세 가지 술화적·의미론적 측면을 겨냥하고 있다: 1) 선/악의 이분법을 특권적인('진리'로 추켜세워진) 분류법의 기반으로 만든 것. 2) 이러한 분류법에서 출발하는 역사주의적 술화. 그것은 모든 이데올로기적 언어가 그렇듯이 자기 자신을 '현실'과 암묵적으로 동일시하며, 심판의 권한을 주

장한다. 3) 개인의 자유를 박탈하는 역사적 목적론.

Ⅲ. 텍스트간 관련성: 카뮈의 『이방인』

'텍스트간 관련성 intertextualité'은 줄리아 크리스테바가 바흐친의 영향 아래 기호학에 도입한 개념이다. 크리스테바는 이 개념을 통해서 텍스트가 (문학 텍스트이든 비문학 텍스트이든) 창 없는 단자나 독백적인 구조물이 아니라는 점을 보여준다. 텍스트는 오히려 다른 텍스트 ── 말인지 글인지, 픽션인지 논픽션인지를 불문하고 ── 에 대한 반응으로 읽히고, 해명될 수 있다. 즉 카뮈의 『이방인』, 베커의 『주변』(1970), 무질의 『특성 없는 남자』(1952) 등의 텍스트들은 현재와 과거의 다양한 언어 구조와 대화(좀더 정확히 말하자면 줄리아 크리스테바, 『폴리로그』, 1978 참조)를 나누고 있다는 것이다. 다른 언어 구조에 대한 이들 텍스트의 반응은 단순히 언어적 '재료'를 대상으로 한 형식적 실험이 아니라 ── 이미 바흐친과 볼로시노프가 간파했듯이 ── 특정한 사회적 입장의 표현이다.

나는 여기서 지금까지 이루어져온 카뮈나 무질 소설에 대한 철학적, 이데올로기 비판적 해석이 무의미하다고 주장할 의도는 전혀 없다. 내가 보여주려고 하는 것은 오히려 이러한 해석들이야말로 이데올로기를 언어적 구조로, 즉 사회으로 파악하는 관점에 의해 새로운 의미를 얻게 된다는 점이다.

(사회어는 다양한 술화들의 모체가 되며, 오직 하나의 술화 내지 술화들의 집합으로서만 그 모습을 드러낸다.) 왜냐하면 오직 이러한 관점을 통해서만 이데올로기 비판이나 문학사회학은 작가적 작업의 특수성, 즉 작가의 '언어적 관심'을 적절히 고려할 수 있을 것이기 때문이다. 작가는 휴머니즘, 마르크스주의, 파시즘, 기독교 등등에 대해서 쓰는 것이 아니라 이러한 이데올로기적 사회어들이 언어 속에서 일으키는 작용을 탐구한다. 『특성 없는 남자』에 대한 무질 자신의 언급은 이 같은 맥락에서 이해할 수 있다. "기독교적·사회주의적·민족주의적 völkisch〔나치즘적 의미에서: 역주〕 사상들이 발언권을 얻는다"(무질 전집 5권, 1978, 1937). 문장의 마지막 부분이 특히 강조될 만하다, "발언권을 얻는다."

이 같은 이유에서, 바흐친은 소설을 다양한 목소리들이 만나 서로를 상대화시키는 '다성적' 텍스트로 읽었고, 코제뤼는 문학이 '보편적인 언어 실험'으로서 텍스트언어학의 (또한 텍스트사회학의) 특권적 대상이라고 말했던 것이다. 무질, 카뮈, 베커의 텍스트들은, 하나 또는 그 이상의 이데올로기적 사회어와 술화를 서로 연결시키고 패러디하고 모사함으로써 이들을 상대화시키고 그 속에 내포된 절대성 및 동일성의 함의를 제거한다. 바로 여기에—전적으로 의식적이고 의도적인—이데올로기 비판의 계기가 있다.

텍스트간 연관성을 문학 텍스트에 의한 비문학 텍스트의

가공으로 이해한다면, 베커의 『주변』은 이에 대한 좋은 사례라고 할 수 있다. 이 소설은 (주요 사회어를 가지고) 전체 사회언어학적 상황을 묘사하려고 시도한다. "스탈린주의자인 내 친구는 좋은 아버지이자 체조 선수다. 이 문장을 한번 들여다보자. 〔……〕 우리는 이제 늑대를 키우는 정원에서 행복을 느끼고 원기를 회복했는가?"(베커, 1970: 9). "우리는 피크닉족인가? 존과 미아, 하랄트와 루시, 우리는 피크닉족인가?"(같은 책: 41). 베커는 정치 및 광고 텍스트뿐만 아니라 허구적 술화까지도 (문학 내적인 텍스트간 연관의 차원에서) 패러디하고 상대화시킨다. "얘야, 저기 좀 봐, 돌풍에 자작나무가 휘는구나." 혹은 "뚜껑을 딴 도르트문트 깡통이 온통 널브러져 있는 숲 뒤쪽에 인디언이 매복하고 있다"(같은 책: 9, 42).

베커의 경우 상대성과 무차별성(이데올로기적 대립과 분류법의 무의미성)은 '소비 사회'의 사육제적 맥락에서 이미 하나의 자명한 인식으로 자리잡는다. 그러나 카뮈에게서는 아직 이데올로기 술화의 이원론적 도그마의 영향력이 완전히 소멸하지 않고 있다. 카뮈의 소설은 이원론에 대항해 무차별성을 옹호한다. 소설 속에 나타나는 이데올로기적 술화의 구조는 『반항적 인간』(1951)에서 카뮈가 서술한 기독교 술화의 구조와 거의 일치한다.

소설의 화자이자 주인공인 뫼르소는 제1부에서 우연히,

살인의 의도 없이, 아랍인을 쏘아 죽인다. 그러나 소설 제2부에 가면 뫼르소는 검사의 논고를 통해서 책임 있는 주체로 묘사되기에 이른다. 앞으로 보게 되겠지만 뫼르소는 어떤 이데올로기적 대립도(어떤 약호도) 진지하게 받아들이지 않는 '무관심한 주인공'이며, 따라서 모종의 서술 프로그램을 실현시키는 행역자(주인공 또는 반주인공)(그레마스)로 간주될 수는 없다. 그런데도 뫼르소는 결국 그러한 책임을 짊어지게 된다. 그것은 어떤 의심도 인정하지 않는, 오직 선의와 악의, 조력자와 반대자만을 알 뿐인 이데올로기적 술화 때문이다. "'자, 여러분,' 검사는 말했다, '저는 피고의 고의적인 살인의 계기가 된 사건들을 차례차례 열거했습니다. 이 점을 저는 특히 강조하는 바입니다. 본 사건은 평범한 살인 사건이 아닙니다. 피고의 행위는 정상참작의 여지가 있는 우발적인 범행이 아닌 것입니다. 여러분, 피고는 지성을 갖춘 사람입니다. 여러분은 피고의 말을 직접 들으셨습니다. 피고는 대답을 하는 데 능하고, 말을 선별해서 사용할 줄 압니다. 피고가 자기가 무얼 하는지 잘 모르고 행동했다는 것은 말이 되지 않습니다'."(카뮈, 1961: 99~100).

검사의 논고는 법정의 기독교 휴머니즘의 수사법을 특징적으로 드러내고 있다. 그 가운데서도 다음 세 가지 요소가 특히 중요해 보인다. 1) 논고자는 사건들을 차례차례 이야기할 뿐만 아니라, 이에 특수한 목적론적 질서를 부여한다. 그것은 스스로를 현실과 동일시하는 기독교 휴머니즘적 술화의 목적론으로서, 한 가지 가능한 인과 관계를 절대화시키면서(검사는 사태가 바로 그러했고 다른 가능성은 없다고 말한다), 뫼르소가——그가 어쩌면 전혀 갖지 않았을——특정한 의도에 따라 행동했다고 주장한다. 2) 논고자는 피고가 실제적(행역자적) 수행 능력과 언어적(술화적) 수행 능력을 갖추고 있음을 강조한다. "피고는 말을 선별해서 사용할 줄 압니다." 3) 논고자는 의도와 수행 능력으로부터 뫼르소가 살인에 책임이 있다는 결론을 도출해낸다.

또 한 가지 중요한 점은 검사가 뫼르소의 몰인정함을 비난하고 있다는 사실이다. 그는 뫼르소가 어머니를 (소설은 뫼르소 어머니의 죽음으로 시작된다) "범죄자의 마음으로" 매장했다고 주장한다(같은 책: 97). 여기서 '범죄자'라는 단어는 수사법적으로 두 가지 의미를 지니고 있다. 은유적 의미와 문자 그대로의 의미. 뫼르소의 몰인정함은 범죄(나 마찬가지)다. 따라서 아랍인을 살해한 행위는 고의적 살인, 즉 범죄로 해석될 수 있다.

이러한 비난이 얼마나 '부당'하고 '터무니없는 것'인가는 중요한 문제가 아니다. 주인공의 무관심한 태도(무차별성) 앞에서 검사의 논고는 어차피 아무런 설득력도 갖지 못한다. 주목되어야 할 것은, 기독교 휴머니즘의 사회어가 이러한 무차별성에 대해 이원론적 술화로 대응해온다는 사실이다. 검사는 무엇보다도 사람들에게 피고가 무관심하다는 생각이 들지 않도록 하는 데 혈안이 되어 있다. 그는 우발성과 우연 (그것은 무차별성의 한 측면이다)에 의거한 어떤 논거도 용납 하려 하지 않는다. 그 대신 선과 악, 죄와 결백, 사랑과 증오 사이의 절대적 대립을 기반으로 한 엄격한 분류법이 도입된 다. 여기서 인물·행동·진술의 양가성과 무차별성은 아예 처음부터 무시된다.

카뮈의 소설에서 기독교 휴머니즘의 사회어는 주제나 어 휘의 문제가 아니라 의미론적 구조와 통사론적(서술적) 구조 를 갖춘 술화의 문제로 나타난다. 소설의 서술 **구조**(2부 구 성) 또한 이러한 맥락에서 이해될 수 있다. 그렇다면 술화 개 념을 좀더 구체적이고 정확하게 정의하는 작업이 얼마나 중 요한지가 자명해진다. '술화' '텍스트' '텍스트류' 등의 개념 을 동의어처럼 혼동해서 사용하는 것은 바람직하다고 할 수 없다. (위르겐 링크와 우어줄라 링크-헤어가 하나의 구체적인 술 화 개념을 출발점으로 삼았더라면, 헤르만 헤세의『황야의 이리』 〔1927〕에 나타나는 다양한 술화 형식──통속 문학의 형식, 이데 올로기의 형식, 고급 문학의 형식, 소시민 지식인적 형식──에 관한 그들의 흥미로운 서술은 소설의 의미론적 구조 및 서술적 구조에 대한 이해로 연결될 수도 있었을 것이다〔링크/링크-헤어, 1980: 457~62 참조〕.)

IV. 의미론적 세계: 양가성과 무차별성

카뮈의 소설이 어떤 맥락에서 이데올로기적 사회어를 비판하고 패러디하는지를 이해하기 위해서는 우선 뫼르소의 의미론적 세계를 조명하는 작업이 필요하다. 이 세계와 위에서 개관한 바 있는 사회언어학적 상황 사이에는 밀접한 관련이 설정될 수 있다. 물론 그 같은 관련을 가정하는 이론은 허구적인 언어 상황과 실제 언어 상황이 유사 관계에 있다고 주장하는 셈이다. 그러나 그러한 유사 관계를 뒷받침하는 논거가 언어의 차원(텍스트간 연관의 차원)을 떠나지 않는다는 점에서, 그것은 골드만이 설정한 세계관과 비극, 소설 형식과 상품 사회 사이의 유사·상동 관계와는 거리가 멀다.

교환가치(매개)가 언어의 차원에서 초래한 중심적인 문제는, 의미론 단위가 서로 대체 가능해지고 대립이 소멸해가는 무차별성의 문제이다. 뫼르소와 그의 애인 마리아가 주고받는 대화는 가치의 위기가 일차적으로 언어의 위기, 언어의 의미론적 기반의 위기라는 점을 분명히 보여준다. 뫼르소의 말 속에서 사랑/증오, 정의/불의, 선/악, 신의/배신과 같은 대립들은 무관심의 희생양이 된다. 이때 뫼르소의 무관심성은 심리적인 문제나 형이상학적인 문제에서 비롯되는 것이 아니다. 무관심성의 원천은 카뮈가 (모라비아나 사르트르 등과 함께) 자기 나름으로 체험한 사회언어학적 상황에 있다.

화자 뫼르소의 술화 속에서 근본적인 문화적 대립과 의미론적 대립은 이미 그 유관성을 상실한 것으로 나타난다. 이들의 유관성을 인정하지 않기 때문에, 뫼르소는 대화 상대방의 가치 평가적 진술에 대해 자꾸만 "그런 것은 아무 의미도 없다"고 말하지 않을 수 없게 된다. (그것은) "아무 뜻도 없었다 ne voulait rien dire," "아무것도 의미하지 않는다 ne signifie rien," "그건 아무 의미도 없었다 Cela ne signifiait rien"(카뮈, 『연극, 이야기, 중편소설』, 1962, p. 1139).

뫼르소의 행동 역시 모든 면에서 그의 말과 마찬가지 특징을 보여준다. 그는 무관심하기 때문에 마리와 결혼하겠다고 말한다. 다른 처녀라도 결혼할 수 있겠냐고 마리가 묻자, 뫼르소는 주저 없이 대답한다. "당연하지"(카뮈, 1961: 45). 이 대목은 무관심성과 대체 가능성 사이의 밀접한 관계를 분명히 드러내준다. 대체될 수 없는 특별한 것의 존재는, 일정한 문화적·언어적 차이와 대립이 유효할 경우에만 인정될 수 있는 법이다. 교환가치가 지배하는 사회문화적 상황에서는 기존의 유관성 기준과 약호가 더 이상 보편 타당성을 지닐 수 없게 되고, 결국 단어뿐만 아니라 개개인마저도 대체 가능한 단위로 전락한다.

소설의 제1부에서는 양가성과 무차별성 사이의 연관 관계 및 양가성과 이데올로기(이원론) 사이의 모순 역시 잘 드러나 있다. 뒤에 가서 뫼르소는 법정으로부터, 어머니의 관 옆에서 커피를 마시고 담배를 피웠다고 비난받는다. 법정은 또한 뫼르소가 장례식 후 얼마 안 있어서 마리와 해변에 갔으며, 이어서 페르낭델이 나오는 영화를 관람했다고 비난한다. 이러한 비난은 모두 양립 불가능한 의미론적·문화적 가치들이 합류하는 지점에 집중되고 있다. 카뮈의 '이방인'에서 가치들의 양가성은 (프루스트, 무질, 카프카의 소설에서처럼) 바흐친이 말하는 사육제적 특징을 나타낸다. 예심 판사는 '웃음'과 '애도,' '성(性)'과 '죽음,' '장례식'과 '즐거운 물놀이'를 한데 결합시키는 사육제적 과정에 제동을 걸고 지배 이데올로기의 진지성을 보존하려고 시도한다. "'피고는,' 그는 소리질렀다, '내 인생이 아무런 의미도 없기를 바랍니까?' 내가 보기에 그건 나와는 아무런 상관도 없는 일이었고, 나는 그러한 내 생각을 그에게 그대로 얘기했다. 그러나 그는 다시 예수의 상을 테이블 너머 내 눈앞에 들이대면서 미친 사람처럼 고함을 질렀다. '나는 기독교도야'"(카뮈, 1961: 71).

그런데 판사와 검사의 이데올로기적 술화는 다음과 같은 중요한 사실을 빠뜨리고 있다. 소설 속의 다른 인물들(뫼르소의 어머니, 그의 사장, 마리) 역시 화자 뫼르소와 똑같이 무관심한 것이다. 그들은 다만 무관심을 잘 숨길 줄 안다는 점에서만 뫼르소와 구별된다. 예컨대 뫼르소의 어머니는 다음과 같이 묘사된다: "엄마는 설사 무신론자는 아니었다 해도,

186

평생 동안 종교에 대해 전혀 생각하지 않고 살았다"(카뮈, 1961: 10). 이처럼 무차별성은 현실에서뿐만 아니라 소설의 세계 속에서도 집단적이고 일반적인 현상으로 나타난다.

요컨대, 카뮈의 소설에서는 두 '세계'가 충돌한다. 내가 위에서 개략적으로 서술한 대로, 뫼르소의 양가적이고 무차별한 세계(교환가치의 세계)와 이원론적 구조를 지닌 이데올로기의 세계가 격돌하고 있는 것이다.『이방인』의 중요한 의미 가운데 하나는 무차별성과 이데올로기가 대립하고 있는 사회언어학적 상황을 마치 축소 모형처럼 효과적으로 보여준다는 데 있다.

IV. 서술 구조: 사물화와 이데올로기

카뮈 소설의 서술 구조를 기술함에 있어서 일차적인 목표는 무차별성과 이데올로기 사이의 대립이 서술의 차원에서 어떻게 나타나는지를 보여주는 일이다. 이 과정에서 소설의 이분 구조가 무차별성과 이데올로기의 대립에 대응되고 있음이 밝혀질 것이다.

토도로프와 그레마스의 연구(1969; 1976)는 의미론적 구조가 모든 이야기의 토대를 이루고 있음을 보여주었다. 그렇다면『이방인』의 의미론적 무차별성이 제기하는 문제는 다음과 같은 것이다. 의미론적 '토대'(분류법과 약호)의 파괴는 거시 통사론적 '상부 구조'에 대해 어떤 영향을 미치는가?

('토대'와 '상부 구조'라는 마르크스주의적 개념의 사용이 서사학 용어를 유물론적으로 채색하려는 시도로 받아들여지지 않기를 바란다. 그것은 오히려 사회 문제와 갈등이 일차적으로 의미론의 영역에서 표면화된다는 미셸 페셰의 견해를 고려한 용어 선택이다(페셰, 1975: 145~94 참조)).

차이와 대립이 아무 상관도 없는 의미론적 세계, 애정/증오, 신의/배신이 아무 의미도 없는 의미론적 세계에서는, 주체성의 기반이 허물어지기 시작한다. 행동과 진술의 주재자인 주체가 설 땅을 잃게 되는 것이다. 화자 뫼르소는 어떤 문화적 가치나 가치 대립도 인정할 수 없다. 따라서 그의 술화에서는 (정의·사랑·신의와 같은) 특정한 가치 개념에 의해 구조화된 의미론적 동위체를 찾아볼 수 없다. 이 점에서 뫼르소는, 양가적인 세계 속에서 '참된' 대립, '참된' 동위체를 찾으려 하는 프루스트, 카프카, 무질, 사르트르의 화자(『구토』의 로캉탕, 1938)와 근본적으로 구별된다. 또한 행동하는 주체, 행역자로서의 뫼르소는 특정한 서술 프로그램(그레마스, 1976a, b 참조)을 선택할 능력이 없다. 모든 문화적 가치가 무차별하고 대체 가능하게 된 세계 속에서 어느 특정한 서술 프로그램을 (참된 이야기로서) 선호한다는 것은 불가능해진다. 그와 같은 서술 프로그램이 성립하기 위한 전제 조건은 의미론적·문화적 대립으로 이루어진 약호이기 때문이다. 무관심한 주인공의 세계에서는 이 전제 조건이 충족되지 않는다.

뇌르소를 가(假)주체 내지 '가(假)행역자'로 규정하려고
시도한 연구가 있었던 것은 바로 이러한 사정 때문이다. 뇌
르소는 서술 프로그램뿐만 아니라 대상(대상-행역자)마저도
결여된 '가행역자'이다. "대상-행역자(A^2)의 존재가 확인되
지 않는다. 대상-행역자는 행역자들의 조합에서 배제된 것
처럼 보인다. 그것은 뇌르소가 다른 카뮈의 주인공들과 마찬
가지로 '대상 없는 욕망의 시간'을 체험하고 있기 때문이다.
뇌르소에게 무언가를 추구한다는 것은 상상할 수조차 없는
일이다"(장-클로드 코케, 1973: 57). 대상의 결여는 주체성의
위축으로 이어진다. 코케에 따르면 뇌르소는 가주체("un
sujet apparent")에 지나지 않는다(같은 책: 58).

주체(행동하는 자아)의 위축은 특히 다음과 같은 결과를 낳
는다. 뇌르소는 자기 자신의 서술 프로그램을 전개시킬 능력
이 없으며, 어떤 서술 프로그램에든 통합될 수 있다. 뇌르소
가 (행역자로서) 아무렇게나 조작될 수 있다는 사실은 소설
의 몇몇 주요 대목에서 드러난다. 특히 두드러진 예는, (제1
부에서) 경찰과의 문제를 해결하기 위해 증인을 서달라는 포
주 레이몽의 부탁을 뇌르소가 주저 없이 받아들이는 대목이
다. 뇌르소는 포주의 조력자 역할을 떠맡는 것이다. 레이몽
이 뇌르소에게 친구가 되겠느냐고 묻자, 뇌르소는 무관심하
고 가치 중립적인 태도로 반응한다: "나는 아무 대답도 하지

않았다. 그리고 그는 나보고 친구가 되겠느냐고 물었다. 나는 아무래도 상관없다고 대답했다. 그는 그 말에 동의한 것처럼 보였다"(카뮈, 1961: 32). 뒤에 가서 그는 레이몽을 위해서 거짓 증언을 한다. 그러나 그는 정반대 행동이라도 얼마든지 할 수 있었을 것이다.

이렇듯 무차별성은 서술 범주로, 즉 서술 프로그램의 대체 가능성으로 이해할 수도 있다. 무차별성의 이러한 측면은 소설의 마지막 부분에서 직접 다루어지고 있다. 화자 뫼르소는 주인공 뫼르소의 태도를 논평하면서, 사제에 대항해서 주인공의 무관심성을 변호한다: "나는 그렇게 살았지만, 다르게 살 수도 있었을 것이다. 나는 이걸 하고 저걸 하지 않았다. 〔……〕 아무것도, 정말 아무것도 중요한 것은 없었으며 나는 왜 그런지 알고 있었다. 그 역시 왜 그런지 알고 있었다"(같은 책: 120).

마지막 문장은 소설의 다른 인물들의 ──잘 숨겨진── 무관심성에 대한 지적으로 읽을 수 있다. 특히 판사나 사제와 같은 이념가들은 무관심성이 일반화된 현상임을 잘 알고 있다. 그러나 그들은 그 사실을 인정할 수 없다. 그랬다가는 자기들이 내세우는 술화가 불신당할 위험이 있기 때문이다. 위의 인용문은 무차별성과 서술 구조 사이의 관계 역시 명백히 해준다. 가치가 무차별해진 세계에서는 서술 구조도 대체 가능하다.

이 지점에서 떠오르는 문제는 '이방인'에 사역자(발송자 Destinateur, 그레마스)가 있을 수 있겠는가 하는 점이다. 코케가 말하듯이 주체 행역자('주인공')가 가주체에 지나지 않는다면, 주체에게 과업을 맡기는 사역자의 존재 역시 생각하기 어려운 것이 아닐까? 적어도 그레마스의 서사학에서는 사역자·주체·대상·반주체·반사역자 등이 하나의 개념 집합을 이루기 때문이다.

카뮈의 텍스트에서도 그레마스가 말하는 사역자가 발견되기는 한다. 그러나 그것은 모순적이고 양가적인 성격을 지니고 있다. 화자의 묘사 속에서 해와 물의 모순적인 통일체로 나타나는 자연이 바로 가주체 뫼르소의 사역자이다. 이때 해는 죽음을, 물은 삶을 상징한다.

뫼르소의 사역자(사역자는, 그레마스에 따르면 "주인공에게 구원의 임무를 맡기는 사회적 권위"이다〔1970: 234〕)가 **사회적·문화적 기관**이 아니라 양가적이고 무관심한(가치 중립적인) 자연이라는 점은 이야기의 인과율이 사물화되는 현상과 관련이 있다. 뫼르소가 자연으로부터 받는 '과업들'은 서로서로 의미를 상쇄시키며, 결국 그레마스적 의미의 서술 프로그램은 성립하지 않는다. 서술 프로그램이란 사회기호학적인 일관성을 전제하는 것이기 때문이다. 실현되는 것은 오직 눈먼, 자연발생적인 재난뿐이다.

수감된 뫼르소는 사제와의 대화에서 (『페스트』〔1947〕의 의

사 리외나 카뮈 자신이 그런 것처럼) 삶과 사랑을 옹호하는데,
이때 그는 자연의 이름으로 '죄'나 '참회' 같은 도덕적 개념
의 타당성에 이의를 제기한다(그의 말은 암묵적으로 문화 자체
를 겨냥하고 있다). 다른 한편 뫼르소가 해변에서 우연히, 어
떤 나쁜 의도 없이 아랍인을 쏴 죽이는 때도 사역자로 기능
하는 것은 역시 자연이다. 첫번째 행동을 유발한 사역자는
물로서의 자연(삶)이고, 두번째 행동의 사역자는 해로서의
자연(죽음)인 것이다.

소설은 숙명적인 사건의 전개와 자연력(해와 물의 힘)을
결합시킨다. 뫼르소의 행동이 문화적(정치적·종교적·도덕
적) 동기가 아니라 '생물학적'·자연적 동기에 의한 것이라
는 사실은 예컨대 다음 대목에서 명백해진다: "나는 뙤약볕
을 견딜 수 없어서 앞으로 나아갔다. 물론 나는 그게 어리석
은 짓이라는 것, 한 발짝 앞으로 나아간다고 해서 해를 피할
수는 없다는 것을 알고 있었다. 그러나 나는 한 발, 딱 한 발
을 앞으로 내디뎠다. 그런데 이번에는 아랍인이, 자리에서
일어서지 않은 채, 칼을 꺼내서는 햇빛 속에서 만지작거렸
다. 빛이 금속으로부터 튕겨나왔다. 마치 번득이는 긴 칼날
이 내 이마를 내리치는 것 같았다. (……) 나는 몹시 긴장되
어 있었고, 내 손은 권총을 움켜쥐었다. 총이 격발되었다. 나
는 권총 자루를 쓰다듬었다. (……)"(카뮈: 60~61).

이와 아울러, 뫼르소가 아랍인들의 야영지로 되돌아오는

이유가 무엇보다도 바위에서 샘솟는 시원한 물에 대한 갈망 때문이었다는 사실 또한 의미심장하다. 이 장면에서뿐 아니라 소설 곳곳에서 물은 삶과, 해는 죽음과 결부되고 있다. 소설 제1부 마지막 장면에서 우리는 다음과 같은 구절을 발견할 수 있다: "그것은 내가 엄마를 땅에 묻은 날 떠 있던 바로 그 태양이었다"(같은 책, 1961: 60).

카뮈에게서 모순적인 전체로서의 자연은 모든 문화적 가치 및 이분법에 대해 무차별한 태도를 취하는 양가적 행역자(사역자)로 나타난다. 그러나 소설의 사회학적 분석은 '이방인'이 자연/문화(이데올로기)라는 의미론적 대립에 따라 축조되어 있다는 인식에 만족해서는 안 된다. 이 맥락에서 사역자로서의 자연이란 삶의 비문화적·생물학적 차원 이상을 의미하는 것이기 때문이다. 소설에서 양가적이고 무관심한 힘으로 묘사되는 자연은, 교환가치, 즉 시장 법칙에 대한 신화적 이미지로 이해되어야 한다. 마르크스가 시장 법칙과 시장 사회의 질서를 '야생적'이라고 규정한 것은 우연이 아니다.

무차별성과 여기서 초래되는 서술적 인과율의 사물화가 매개의 산물임을 잘 보여주는 것은, 뫼르소가 감옥에서 닳고 닳도록 읽는 보헤미아의 이야기다. 소설 속에 삽입된 이 이야기는 전체 텍스트를 대표하는 제유로 해석될 수 있다. 보헤미아의 한 젊은이가 타국에서 행운을 잡기 위해 집을 떠난다. 25년이 지난 뒤 그는 성공한 가장이 되어 어머니와 누이가 여관을 경영하는 고향 마을에 돌아온다. 어머니와 누이를 깜짝 놀라게 해주려는 심산으로, 그는 자기 가족을 다른 여관에 묵게 하고, 혼자서 자기 신분을 밝히지 않은 채 어머니를 찾아온다. "장난 삼아 그는 그 여관에 방을 잡을 생각을 했다. 그는 자기가 가진 돈을 보여주었다. 그날 밤 어머니와 누이는 그를 망치로 때려 죽이고 돈을 턴 다음, 시체는 강에 내던져버렸다"(카뮈, 1961: 80~81).

이 이야기에서 주목되는 것은 다음 사항이다. 1) 검사가 비난하는 뫼르소의 잠재적인 모친 살해는 이 이야기에서 어머니에 의한 아들의 살해로 대체된다. 즉 서술적(행역자적) 차원에서 소설의 상황이 전도되는 것이다. 이는, 사건의 진행이 임의적이고 우연적임을 암시한다고 할 수 있다. 갑이라는 일이 일어났지만, 갑의 반대도 얼마든지 일어날 수 있다는 것이다. 2) 우연이 결정적인 역할을 하는 이 이야기에서, 유일한 행동의 동기는 돈(교환가치)이다. 3) 돈은 소설 전체의 차원에서 해와 물이 수행하는 것과 동일한 기능을 수행한다. 뫼르소는 해로부터 도망치고 물을 찾는다. 보헤미아의 이야기에서 어머니와 딸은 부(富)를 추구한다. (카뮈가 이 이야기를 3막극 『오해』〔1944〕의 기초로 삼은 것은 결코 우연이 아니다. 그러나 놀랍게도 지금까지 ——카프카의 소설 『소송』에 삽입된 우화 『법 앞에서』〔1934〕와 유사한 의미를 지니는 —— 보헤미아 삽화에 주목한 문학 연구자들은 거의 없다.)

보헤미아의 이야기와 소설간의 유사 관계는, 자연(물과 해)의 무차별성과 매개의 무차별성이 서로 정확히 대응된다는 가설을 더욱 확고히해준다. 화자는 이 삽화에 대해 다음과 같이 논평한다: "그것은 한편으로 보면 믿기 어려운 이야기였지만, 다른 한편으로 보면 아주 자연스러운 이야기이기도 했다"(카뮈, 1961). 이로써 교환가치를 통한 매개는 소설의 결정적인 의미론적 요소일 뿐만 아니라—제1부에서—대체 가능한 행동과 줄거리로 이루어진 사물화된 인과율의 추진력임이 드러난다.

그러나 이데올로기적 기관인 법정은 시장의 무차별성이 초래한 사물화와 대체 가능성을 받아들일 수 없다. 법정은 반사역자(문화)의 이름으로, 뫼르소가 책임 있는 주체라고 선언한다. 뫼르소는 일정한 의도와 목적에 기초한 서술 프로그램에 대해 책임이 있다는 것이다. 이로써 법정은 "이데올로기는 개인을 주체로 만든다"는 알튀세르의 간결한 명제 (1976: 84)를 새삼 확인해준다. (르네 발리바가—1974—이 중요한 알튀세르의 사상을 '이방인' 분석에 적용하지 않은 것은 다소 뜻밖의 일이다.) 법정은 또한 집단 행역자이자 뫼르소에 대적하는 반주체로서, 뫼르소의 사역자인 자연을 인정하지 않는다. 그래서 "모든 책임은 태양에 있다"는 뫼르소의 간단하면서도 참된 주장은 받아들여지지 못한다. 이데올로기적 기관인 법정의 임무는 사건의 경과를 이데올로기화시키는 것, 사물화된, 무차별한 인과율을 이데올로기적(문화적) 인과율로 대체하는 것이기 때문이다.

이제 소설이 뚜렷이 구분되는 두 부분으로 구성되어 있는 이유가 분명해진다. 소설의 제1부를 지배하는 것은 무차별성과 사물화된 인과율이다. 그것이 제2부에 가면 (검사의) 이데올로기적 '이야기'로 대체된다. 물론 이 이야기는 뫼르소의 무관심하고 몰가치적인 논평에 의해 상대화되고 암묵적으로 비판되고 있다. 뫼르소를 재단하는 검사의 술화가 다시 화자 뫼르소에 의해 재현되고 무차별성의 관점에서 평가되고 있는 것이다. 이로써 서술적 차원에서 이데올로기 비판이 가능해진다. 이데올로기가 상대화되고 그 가면이 벗겨진다.

법정의 이데올로기적 '이야기'와 더불어 전통적 소설의 서술 구조 역시 의문의 대상이 된다. 이를테면, 어떤 목표도, 어떤 서술 프로그램도 알지 못하는, 그저 자연발생적인 우연에 내맡겨져 있는 무관심한 주인공(가주체)의 모습은 전통적인 소설 주인공의 야망과 정열, 행동(예컨대 스탕달의 『적과 흑』〔1830〕)에 대한 패러디라고 할 수 있는 것이다. 그러나 장르 내적 차원에서 이루어지는 이 같은 비판의 의미를 해명하고자 할 때도, 구체적인 사회역사적 상황에 대한 고려는 필수적이다.

이로써 나는 소설 분석의 출발점으로 돌아온 셈이다. 앞에서 말했듯이 카뮈의 소설은, 사회언어학적 맥락에서 볼 때, 시장의 무차별성과 이데올로기적 이원론 사이의 충돌을 극화한 작품이라 할 수 있다. 시장과 이데올로기라는 사회학적 대립은 카뮈가 구성한 자연과 역사 사이의 신화적 대립(슐레트, 1979 참조)에 대응된다. 카뮈는 자연/역사의 대립을 출발점으로 역사(이야기, '미리 씌어진 이야기')에 대한 급진적인 비판을 제기하는데, 이러한 역사 비판은 다시 모든 가치의 타당성을 의심하는 급진적 문화 비판으로 귀결된다.

그러나 카뮈의 비판은 자기 자신의 전제(특히 자연과 역사의 대립)를 사회언어학적 맥락 속에서 반성할 줄 모른다는 점에서 문제가 없지 않다. 이 때문에 카뮈는 '자연'이나 '무차별성' 같은 개념을 현실, 즉 교환가치의 한 측면으로서 포착할 수 없었다. 비판적인 이론은 물론 이데올로기의 교조적 가치관에 동의하지 않지만, 그렇다고 시장(자연)의 무차별성을 무조건 수긍하지도 않는다. 비판적인 이론은 가치의 양가성을 전제하면서, 특정한 가치 판단의 합리성에 관한 대화를 추구한다. (여기서 나는 『이방인』을 아주 간략하게만 다루었다. 이 과정에서 본질적인 논거 외의 세부 사항들은——예컨대『이방인』과『행복한 죽음』〔1971〕 사이의 관계——생략될 수밖에 없었다. 상세한 논의에 관해서는 나의 저서『무관심한 주인공』을 참조하라.)

VI. 생산과 수용

『이방인』에 대한 텍스트사회학적 분석에 이어서, 생산과 수용의 관계에 관해 잠시 고찰해보기로 하자. 먼저, 허구 텍스트에 대한 객관적 서술이 불가능하며 텍스트에 의미를 부여하는 것은 생산자가 아니라 수용자라는 야우스의 견해를 검토한 다음, 텍스트 생산과 수용의 문제, 그리고 사회언어학적 상황과 사회어가 문학 텍스트의 수용에 대해 지니는 의미를 차례로 살펴보겠다.

문학 텍스트를 옳게 해석한다는 전통적 문헌학의 목표가 의문시된 것은 비교적 최근의 일이다. 수용미학과 기호학(예컨대 롤랑 바르트, 『S/Z』, 1970, p. 12)은 해석자의 수만큼 많은 해석이 있으며 따라서 텍스트 자체의 의미나 올바른 해석이란 것은 환상에 지나지 않음을 보여주었다. 야우스는 역사적 수용의 차원에서 텍스트의 의미를 상대화시키면서 서로 모순되는 텍스트의 '구체화'(해석) 사례들을 비교한다. 바르트는 (메타텍스트의) 이질적인 언어들이 다양한 해석을 낳게 된다고 본다.

텍스트의 심층 구조와 "언어의 일차적인 의미"(코케, 1973: 76)에 대한 가정 아래 바르트와 야우스의 상대주의를 부정하는 그레마스 기호학에 대해, 야우스는 다음과 같이 반박한다: "구조 인류학의 논리적 조합론도, 기호학에서 말하는 이원적 기호 체계도 모두 유관성에 따라 좌우된다"(1977: 56).

이는 물론 올바른 지적이긴 하지만, 기호학(프리에토, 크리스테바의 기호학)이나 텍스트사회학의 입장에서 볼 때 새로운 얘기라고는 할 수 없다. 이러한 이론의 핵심적인 관심사 역시 유관성 기준과 분류법(약호)의 사회역사적 생성 배경이기 때문이다. 하지만 텍스트사회학이 일차 텍스트와 메타텍스트의 관계를 역사적 맥락에서 탐구한다고 해도, 그 과정에서 일차 텍스트의 의미론적 · 통사론적 불변 요인이 부정되지는 않는다. 만일 이러한 불변 요인이 없다면, 야우스가 자의적 해석을 비판하는 데 지침으로 삼으려 하는 "다양한 수용자들 사이의 역사적 합의"라는 것은 생각조차 할 수 없을 것이다(야우스, 1980: 273).

다시 말하자면, 상이한 분류법의 토대 위에서 제각기 특수한 집단의 이해 관계를 표현하는 다양한 술화들조차 모두 인정할 수밖에 없는 불변 요소가 텍스트 자체에 있다는 것이다. 예를 들면 카뮈 소설이 2부 구성을 이루고 있다는 사실이 그와 같은 불변 요소라고 할 수 있겠다. 그뿐만 아니라 물과 해, 삶과 죽음 사이의 의미론적 대립도 불변 요소다. 비슷한 대립은 그레마스의 모파상 분석과 베르나노스 분석에서도 제시되고 있는데(1976a, b; 1971), 20년 내지 50년이 지나서 이 같은 의미론적 대립의 존재를 그 누구도 인식할 수 없게 된다는 것은 상상하기 어렵다.

물론 이때 중요한 의미를 지니는 것은 합리주의와 개인주의를 전제로 하는 '주체간 합의'가 아니라 다양한 집단 특유의 술화와 사회어들 사이에 성립하는 합의다. 서술적·의미론적 차원에 존재하는 텍스트의 불변 요소들이 늘 새롭게 해석될 가능성은 바로 여기서 생겨난다. 한 텍스트의 모든 의미론적·통사론적 요소가 불변 요소로 간주될 수 없는 것 역시 같은 이유에서다. 어떤 의미론적 이론이 '불변적'(객관적)이라고 보는 요소가 다른 의미론적 이론에서는 가변적인 것으로 나타날 수도 있다.

따라서 텍스트사회학의 과제는 (헤겔을 좇아서) 절대적인 것과 상대적인 것을 변증법적으로 매개하는 작업이다. 절대적인 것과 상대적인 것을 분리시켜 어느 한쪽 항만을 부각시키는 입장은 정당하다고 할 수 없다. 텍스트사회학은 텍스트를 하나의 '의미 구조'에 고착시키는 골드만의 관점과 바르트의 다원주의적 언어관을 결부시키고, 극단적인 이 두 입장이 단 하나의 동일한 진리, 즉 텍스트의 양가성이 지니는 두 측면에 해당된다는 것을 보여주어야 한다.

이 같은 양극단의 매개는 수용을 생산과 결부시켜 고찰하려 할 때도 중요한 의미를 지닌다. 생산과 수용을 연관짓는 것은 수용을 설명하는 데 필수적이다. 이것이 본절의 두번째 요점이다. 수용미학은 생산의 문제를 무시함으로써 수용 역시 설명할 수 없게 된다. 생산의 문제를 괄호 속에 묶어두는 한 수용미학은 도대체 무엇이 수용되는지를 알 수 없을 것이기 때문이다.

나는 이미 다른 기회에 생산과 수용의 관계를 상론한 적이 있기 때문에(지마, 1977 참조), 여기서는 다음 한 가지 생각만 다시 한번 확인해두기로 한다. 문학 텍스트의 수용을 구체적으로 설명하기 위해서는 텍스트 자체의 구조(텍스트의 불변 요소)뿐만 아니라 그 텍스트(예컨대 카뮈의 『이방인』 같은 소설)가 생성된 사회역사적 조건까지 함께 고려해야 한다.

1979년에 발표된 에밀리 톨의 「소련에서의 카뮈 수용」 분석은 위의 정리(定理)에 대한 구체적 사례를 제공해준다. 톨의 연구는 미국에 살고 있는 소련 망명자들을 대상으로 한 것이기 때문에 표본적인 조사라고 보기는 어렵다. 하지만 적어도, 카뮈의 '글쓰기'에 영향을 준 이데올로기적 요인과 사회언어학적 요인들이 수용의 상황에서도 중요한 의미를 지닌다는 점만큼은 이 연구를 통해서 확인할 수 있다.

에밀리 톨은, 소련 사회에서 카뮈의 이론적 · 문학적 저작을 거부한 집단으로서 '마르크스-레닌주의'의 사회어를 기반으로 하는 공식적인 작가와 검열관들 외에 다음 두 그룹을 꼽고 있다. "반정부 인사들 가운데 과학 · 기술 · 경제, '진정한' 민주주의적 제도의 발전을 희망했던 사람들은 당연히 카뮈에게 거리감을 느꼈다. 다른 비판가들은 종교 또는 민족의 부활을 꿈꾸었는데, 그들 역시 카뮈와 가까울 수는 없었다"(톨: 245).

왜 마르크스-레닌주의자들, 자유주의적 지식인들, 민족주의자들, 기독교도들이 카뮈에 대해 비판적인 태도를 취했는가 하는 문제는 직관적으로 쉽게 설명될 수 있을 듯하다. 카뮈는 진보에 대한 믿음도, 마르크스주의도, 기독교도 모두 거부했다. 따라서 그가 이러한 이데올로기적 경향을 지닌 사람들로부터 받아들여지지 않은 것은 당연하다.

그러나 따지고 보면, '비판적 리얼리즘'이라는 개념으로 발자크와 같은 왕당파 작가를 끌어안고 토마스 만 작품의 번역을 장려하며 뵐의 비판적 카톨리시즘과도 화해했던 소련의 마르크스-레닌주의자들이 카뮈를 비판적 리얼리스트의 반열에 올려놓지 않은 이유는 그다지 뚜렷하지 않다. 카뮈의 작품 역시 '자본주의 사회의 비인간적 상황'에 대한 리얼리즘적 묘사로 보려면 얼마든지 그렇게 볼 수도 있을 것이다. 자유주의적 지식인들이 특별히 카뮈를 거부해야 할 이유도 없다. 카뮈 역시 기독교의 독단적 교리와 공산주의의 당파 원리를 비판하면서 항상 개인의 자유를 옹호하지 않았던가? 이들 독자 집단의 비판적 태도를 설득력 있게 설명해줄 다른 이유가 있을까?

두 가지 근거가 이러한 사정을 충분히 설명해줄 수 있을 것이다. 위에 언급된 세 집단은 한 가지 공통점을 지니고 있다. 그들은 모두 특정한 가치와 가치 대립의 기반 위에 서 있다. 따라서 무차별성에 기초한 카뮈의 비판은 그들에게 받아들여질 수 없다. 이와 아울러 이들 집단은 모두 역사와 역사의 목표에 대한 특정한 관념을 가지고 있다. 진보, 구원, 계급 투쟁 같은 개념은, 역사의 전개 과정을 하나의 이데올로기적인 이야기로 서술할 수 있게 만든다. 그러나 바로 그러한 이데올로기적 이야기가 카뮈의 텍스트에 의해서 부정되고 있는 것이다. 그에게서 역사는 자연발생적인 재난의 연속으로 나타난다.

어떤 이데올로기적(목적론적) '이야기'에도 동의할 수 없었던 어느 '모스크바 출신의 철학자'가 톨과의 인터뷰에서 카뮈의 불가지론에 동의하면서, 새로운 '세속의 윤리'를 찾으려는 카뮈의 노력에 끌린다고 말한 것은 우연한 일이 아니다. 의미론적 차원과 통사론적 차원에서 이데올로기적 고착화가 이루어지지 않은 경우에야 비로소 탐색하는 비판적 의식의 가능성이 열리는 것이다.

톨의 수용 분석에 대한 논의는 자연스럽게 본절의 마지막 문제로 연결된다. 톨의 연구는 한 사회의 청중이 분화된, 이데올로기적으로 이질적인 집단임을 잘 보여준다. 나는 청중을 하나의 동질적인 전체로 파악하는 야우스의 수용미학보다는 사회의 이데올로기적 분열상을 고려하는 요제프 유르트의 수용사회학을 지지하고 싶다. (유르트의 「수용사회학에 대하여」라는 논문에서는 베르나노스의 작품에 대해 내려진 긍정적 평가와 부정적 평가가 모두 집단적인 성격을 띠고 있음을 설득력 있게 논증되고 있다. 유르트는 집단적 거부와 집단적 긍정의 현상을 사회학적으로 설명하려고 한다.)

이러한 맥락에서 생각해볼 수 있는 텍스트사회학의 또 한 가지 과제는 텍스트 생산 과정에서 일정한 역할을 하는 사회어와 수용자의 사회어를 연관짓는 일이다. 물론 생산 과정의 사회어와 수용 과정의 사회어가 항상 같거나 비교 가능한 것은 아니기 때문에(특히 텍스트와 메타텍스트 사이의 역사적 거리가 클 경우에), 두 사회어의 의미론적 구조 내지 통사론적 구조 사이에 유사 관계나 친화성이 있는지 확인하고 이를 기술하는 작업이 선행되어야 한다. 그것은 예컨대 횔덜린의 병렬적 글쓰기 방식이 아도르노의 술화에 비판적으로 수용된 이유와 그 수용 양상을 설명하는 데 꼭 필요한 작업이다.

4. 결론

텍스트사회학의 핵심을 이루는 것은 문학 텍스트와 이론 텍스트의 구조가 모두 사회경제적으로 매개되어 있다는 인식이다. 이 때문에 텍스트사회학은 텍스트를 이데올로기 비판으로부터 차단하려는 어떤 시도도 거부한다. 문학 텍스트나 이 텍스트를 수용하는 메타텍스트의 이데올로기적 생산 조건을 무시하는 수용미학뿐만 아니라, 형식 논리를 '비판의 척도'로 삼으면서 어휘, 유관성, 분류법, 거시 통사론의 사회 경제적 매개성을 포착하지 못하는 분석철학적 이론들도 이런 관점에서 비판의 대상이 된다.

그런데 오늘날 문예학계에서는 바로 수용미학과 분석철학적 이론이 상당한 인기를 누리고 있다. 그것은 두 이론적 입장의 '이념소'에 힘입은 바 크다. 그러나 이데올로기 비판이 술화 비판으로 이어질 때, 그러한 이념소는 곧바로 드러난다.

참고 문헌

골드만, L.,『숨은 신』, 다름슈타트/노이비트, 1973.

───,『페드라』, 실린 곳: 골드만,『변증법적 탐구』, 파리, 1959, pp. 195~210.

───,『정신 구조와 문화의 창조』, 파리, 1970a.

───,『마르크스주의와 인문과학』, 파리, 1970b.

───,『현대 소설의 사회학』, 노이비트, 1970c.

───,「예술, 문학, 이데올로기에 대하여」, A. 골드만 외 편저,『형식과 그 의미에 관한 에세이』, 파리, 1981.

그레마스, A. J.,『의미에 대하여』, 파리, 1970.

──,『구조 의미론』, 브라운슈바이크, 1971.

──,『기호학과 사회과학』, 파리, 1976a.

──,『모파상: 텍스트의 기호학, 실천적 시도』, 파리, 1976b.

그레마스, A. J./쿠르테스, J.,『기호학: 언어 이론 사전』, 파리, 1979.

니체, F.,『선악을 넘어서』, 전집(Werke) 제4권, 뮌헨, 1980.

뒤부아, J.,『문학의 제도』, 브뤼셀, 1978.

드 발자크, H.,『랑쥐에 공작 부인』, 파리, 1834.

──,『잃어버린 환상』, 파리, 1837~1839, 1843.

──,『농부들』, 파리, 1844/1855.

레빈, H.,「제도로서의 문학」, E. & T. 번즈 편저,『문학과 연극의 사회학』, 런던, 1973, pp. 56~70.

레엔하르트, J.,「소설과 사회」, P. V. 지마 편저,『기호학과 변증법』, 암스테르담, 1981, pp. 363~85.

로브-그리예, A.,『질투』, 파리, 1957.

──,「토론」,『누보 로망: 어제, 오늘』, 파리, 1971, pp. 171~84.

──,『유령 도시의 토폴로지』, 파리, 1976.

로쉬, M.,『밀집』, 파리, 1966.

──,『희가극』, 파리, 1975.

로시-랑디, F.,『이데올로기론』, 밀라노, 1978.

로트만, J.,『예술 텍스트의 구조』, 프랑크푸르트, 1973.

──, 「텍스트와 기능」, P. V. 지마 편저, 『이데올로기 비판으로서의 텍스트기호학』, 프랑크푸르트, 1977, pp. 149~64.

뢰벤탈, L.,『서술 기법과 사회』, 다름슈타트, 1971.

루만, N.,『목적 개념과 시스템 합리성』, 프랑크푸르트, 1973.

루카치, G.,『영혼과 형식』(1911), 노이비트/베를린, 1971.

──,『소설의 이론』(1920), 노이비트/베를린, 1965.

──,『역사와 계급 의식』(1923), 노이비트/베를린, 1968.

──,『옛 독일의 발굴: 19세기 독일 문학에 관한 에세이. 선집 I』, 함부르크, 1967a.

──,『파우스트와 파우스투스: 인류의 드라마에서 현대 예술의 비극으로. 선집 II』, 함부르크, 1967b.

──, 「비판적 리얼리즘의 현재적 의미」, 전집 4권,『리얼리즘의 제문제 I』, 노이비트/베를린, 1971.

링크, J./링크-헤어, U.,『문학사회학 입문』, 뮌헨, 1980.

마르크스, K.,『독일 이데올로기』(1845/1846), 실린 곳: 마르크스,『초기 저작』, 슈투트가르트, 1971, pp. 339~485.

마르키비츠, H., 「이데올로기와 문학」, J. 오드막 편저,『언어, 문학, 의미 I』, 암스테르담, 1979, pp. 114~48.

마셰리, P.,『문학 생산의 사회학을 위하여』, 파리, 1966.

──, 「발자크의『농부들』에서의 역사와 소설」, Cl. 뒤셰 편저,『사회비평』, 파리, 1979, pp. 137~46.

모리스, Ch.,『기호의 일반 이론에 관한 논문』, 헤이그, 1971.

무질, R.,『특성 없는 남자』, 라인베크, 1952, 전집 1~5(GW), 라인베크, 1978.

바르닝, R.,「대립과 사건, 디드로의『숙명론자 자크』에서 독자의 역할」, R. 바르닝 편저,『수용미학』, 뮌헨, 1975, pp. 467~93.

바르트, R.,『S/Z』, 파리, 1970.

바흐친, M.,『문학과 사육제: 소설 이론과 웃음의 문화』, 뮌헨, 1969.

──────,『말의 미학』, 프랑크푸르트, 1979.

발리바, E./마셰리, P.,「이데올로기적 형식으로서의 문학: 몇 가지 마르크스주의적 가설」,『리테라튀르』13, 1974, pp. 29~48.

발리바, R.,『허구의 프랑스어』, 파리, 1976.

──────,「알베르 카뮈의 '에트랑제'에 사용된 허구적 복합 과거」,『리테라튀르』7, 1972, pp. 102~19.

베르다스동크, H.,「제도화된 신념이 문학 이론에서 수행할 수 있는 역할에 대하여」,『포에틱스』10, 1981, pp. 457~82.

베커, J.,『주변』, 프랑크푸르트, 1970.

베케트, S.,『최종 게임』, 프랑크푸르트, 1957.

볼로시노프, V. N.,『마르크스주의와 언어철학』(1929), S. M. 베버 편, 프랑크푸르트, 1975.

부브너, R., 『변증법과 학문』, 프랑크푸르트, 1973.

브르통, A., 『초현실주의의 정치적 입장』, 파리, 1972.

뷔르거, P., 『전위 예술의 이론』, 프랑크푸르트, 1974.

──, 『현재성과 역사성: 문학의 사회적 기능 변동에 대한 연구』, 프랑크푸르트, 1977.

──, 『매개, 수용, 기능』, 프랑크푸르트, 1979a (한국어 역, 『미학 이론과 문예학 방법론』).

──, 「자연주의, 유미주의, 그리고 주체성의 문제」, Ch. 뷔르거 외 편저, 『자연주의/유미주의』, 프랑크푸르트, 1979b, pp. 18~55.

사르트르, J.-P., 『인간과 사물』, 라인베크, 1978.

──, 「왕복」, 『상황 I』, 파리, 1947, pp. 230~97.

슈미트, A., 「역사에 대한 구조주의의 공격」, A. 슈미트 편저, 『마르크스주의의 인식 이론에 대하여』, 프랑크푸르트, 1969, pp. 194~265.

슐레테, H. R., 「'자연/역사'의 대립 구도 속에서 카뮈가 갖는 현재적 의미」, M. 라우블레 편저, 『미지의 카뮈: 카뮈 사상의 현재성에 대하여』, 뒤셀도르프, 1979, pp. 106~38.

아도르노, Th. W., 「서정시와 사회에 대한 강연」, 『문학에 관한 단상 I』, 1958, pp. 73~104.

──, 「『최종 게임』의 이해를 위한 시론」, 『문학에 관한 단상 II』, 프랑크푸르트, 1961, pp. 188~236.

———, 『본래성의 은어: 독일 이데올로기에 대하여』, 프랑크푸르트, 1964.

———, 『미학 이론』, 프랑크푸르트, 1970.

———, 「후기자본주의냐 산업 사회냐?」, 『사회 이론과 문화 비판』, 프랑크푸르트, 1975.

———, 「게오르게」, 『문학에 관하여 IV』, 1974, pp. 45~62.

아도르노, Th. W./골드만, L., 「제2차 국제 문학사회학 심포지엄」, 루아요몽, 『레뷔 드 렝스티튀트 소시올로지』, 1973, pp. 525~42.

아버크롬비 외, N., 『지배 이데올로기 테제』, 런던, 1981.

알튀세르, L., 『입장』, 파리, 1976.

야우스, H. R., 「괴테와 발레리의 파우스트」, 『움예트노스트 리예치』, 1977, pp. 53~81.

———, 「시적 텍스트와 독서의 지평 전환 과정」, 『로만어 문학 문학사』 4, 1980, pp. 228~74.

에코, U., 「얀 플레밍의 서술 구조」, P. V. 지마 편저, 『이데올로기 비판으로서의 텍스트기호학』, 프랑크푸르트, 1977, pp. 230~70.

와일드, O., 『진지함의 중요성』, 런던, 1899.

———, 『레이디 윈드미어의 예찬자』, 런던, 1893.

———, 『도리언 그레이의 초상』, 런던, 1891.

위스망, K. J., 『거꾸로』(1884), 파리, 1970.

윌리엄스, R.,『마르크스주의와 문학』, 옥스포드, 1977.

유르트, J.,「수용사회학을 위하여」,『로만어 문학 문학사』 3,
　　1979, pp. 214~31.

지마, P. V.,「이데올로기적 개념으로서의 '수용'과 '생산'」, P. V.
　　지마 편저,『이데올로기 비판으로서의 텍스트기호학』,
　　프랑크푸르트, 1977.

─────,「총체성과 단편성의 변증법」, H.-J. 슈미트 편저,『게오르
　　크 루카치와의 대결』, 프랑크푸르트, 1978, pp. 124~72.

─────,『텍스트사회학: 비판적 입문』, 슈투트가르트, 1980a.

─────,『소설의 양가성: 프루스트, 카프카, 무질』, 파리, 1980b.

─────,「이데올로기 술화의 메커니즘」,『레뷔 드 렝스티튀트 소
　　시올로지』 4, 1981, pp. 719~40.

─────,『무관심한 주인공: 카뮈, 모라비아, 사르트르에 대한 텍
　　스트사회학적 연구』, 슈투트가르트, 1983.

카뮈, A.,『이방인』(1942), 라인베크, 1961.

─────,『연극, 이야기, 중편소설』, 파리, 1962.

─────,『에세이』, 파리, 1965.

─────,『페스트』(1947), 함부르크, 1950.

─────,『오해』(1944), 파리, 1962.

─────,『반항적 인간』(1951), 함부르크, 1953.

─────,『행복한 죽음』, 파리, 1971.

카프카, F.,『법 앞에서』, 베를린, 1954.

코제뤼, E., 「언어와 문학에 관한 테제」, W.-D. 스템펠 편저, 『텍스트 언어학 논문집』, 뮌헨, 1971, pp. 183~88.

코케, J.-Cl., 『문학기호학』, 투르, 1973.

쾨트너, H./야콥스, J., 『문학 이론들의 논리적 구조』, 뮌헨, 1978.

퀼러, E., 「장르 시스템과 사회 시스템」, 『로만어 문학 문학사』 1, 1977, pp. 7~22.

――, 「문학사회학에 관한 몇 가지 테제」, P. 뷔르거 편저, 『세미나: 문학사회학과 예술사회학』, 프랑크푸르트, 1978, pp. 135~44.

크레스, G./호지, R., 『이데올로기로서의 언어』, 런던, 1979.

크리스테바, J., 『세메이오티케: 의소 분석을 위한 연구』, 파리, 1959.

――, 『폴리로그』, 파리, 1978.

토도로프, T., 『데카메론의 문법』, 파리/헤이그, 1969.

톨, E., 「소련에서의 카뮈 수용: 최근 망명객들의 발언」, 『비교문학 연구 3』, 1979, pp. 237~45.

티냐노프, J., 「문학의 진화에 대하여」, J. 슈트리터 편저, 『러시아 형식주의자들의 텍스트』 제1권, 뮌헨, 1969, pp. 433~61.

파슨스, T., 『사회 시스템』, 글렌코, 1951.

페셰, M., 『팔리스의 진실』, 파리, 1975.

퓌겐, H. N., 『문학사회학의 주요 조류와 방법』, 본, 1964.

프루스트, M., 『잃어버린 시간을 찾아서』(1913/1927), 파리, 1952.

프리에토, L. J., 『유관성과 실천』, 파리, 1975.

———, 「일반 기호론의 구상」, 『기호학지 1』, 1979, pp. 259~65.

하버마스, J., 『인식과 관심』, 프랑크푸르트, 1968/1973.

———, 『사적 유물론의 재구성을 위하여』, 프랑크푸르트, 1976.

하이데거, M., 『존재와 시간』, 튀빙엔, 1963.

하인델즈, R., 「'세계관' 개념에 관한 연구: 문학 이론에서의 유효성」, 『인간과 사회』 43~44, 1977, pp. 133~40.

헤세, H., 『황야의 이리』, 라이프치히, 1927.

문지스펙트럼